古典文獻研究輯刊

五 編

潘美月・杜潔祥 主編

第25冊

王紹蘭《說文段注訂補》研究

陳清仙 著

國家圖書館出版品預行編目資料

王紹蘭《說文段注訂補》研究／陳清仙著 — 初版 — 台北縣永
和市：花木蘭文化出版社，2007〔民 96〕

目 2+156 面；19×26 公分
（古典文獻研究輯刊 五編；第 25 冊）
ISBN：978-986-6831-45-4（全套精裝）
ISBN：978-986-6831-70-6（精裝）
1. 字書　2. 注釋　3. 研究考訂
802.225　　　　　　　　　　　　　　96017738

ISBN - 978-986-6831-70-6

古典文獻研究輯刊
五　編　第二五冊　　　　　　ISBN：978-986-6831-70-6

王紹蘭《說文段注訂補》研究

作　　者　陳清仙
主　　編　潘美月　杜潔祥
企劃出版　北京大學文化資源研究中心
出　　版　花木蘭文化出版社
發 行 所　花木蘭文化出版社
發 行 人　高小娟
聯絡地址　台北縣永和市中正路五九五號七樓之三
　　　　　電話：02-2923-1455／傳眞：02-2923-1452
電子信箱　sut81518@ms59.hinet.net
初　　版　2007 年 9 月
定　　價　五編 30 冊（精裝）新台幣 46,500 元　　　版權所有・請勿翻印

王紹蘭《說文段注訂補》研究

陳清仙　著

作者簡介

陳清仙，一九七三年生，台灣省苗栗縣人，逢甲大學中文研究所碩士，目前任教於苗栗縣立頭份國民中學。

提　　要

　　小學至清朝尤其昌明，名家輩出，不勝枚舉。其中《說文》之研究蔚為風氣，而成果更為豐碩。諸學者中又以段玉裁《說文解字注》集清代許學之大成，影響後世甚鉅。然段玉裁《說文解字注》書成之時，段氏年已七十，精力就衰，未能再次檢閱釐正，時有前後之說牴牾之處，故校讎之事，應歸於後世學者為是。而王紹蘭《說文段注訂補》一書即是在此風潮與目的下撰作而成的。

　　筆者此篇論文名為「王紹蘭《說文段注訂補》研究」，共分四大章做說明：

　　第一章緒論，筆者先說明撰寫此篇論文的動機、目的與方法，其次說明歷來對《說文》段注研究之情況為何，最後介紹王紹蘭的生平以及著作整理。

　　第二章《說文段注訂補》刻本、字數與體例的分析，首先言《說文段注訂補》一書的流傳概況與刻本異同，筆者發現《說文段注訂補》目前有「蕭山胡氏刻本」與「吳興劉氏新刻本」二者，而「吳興劉氏新刻本」之內容竟少「蕭山胡氏刻本」約十分之四，可知「吳興劉氏新刻本」並非一完本。筆者進而將此二刻本之內容、字數、編排、字序等制成一統計表格以比較二者之異同。再者將《說文段注訂補》一書之寫作方法以六點做介紹，以及將寫作體例分為十大項，並詳舉其例以做說明。

　　第三章《說文段注訂補》內容之評析，筆者首先以形、音、義、句讀和版本等五大方向來分析王紹蘭訂補段注之原因，且將其做一詳細論證。接著舉例說明《說文段注訂補》內容寫作上的特色，並探討王紹蘭在撰寫時所秉持的態度，以見《說文段注訂補》是否有其存在之價值與意義。

　　第四章結論，在經過以上對《說文段注訂補》的研究與探討後，筆者首先以音義、歸字和連讀等方面，試著說明王紹蘭的文字學觀。且從「援引精博，有利訓詁考據」、「訂正與補充，使《說文》和段注臻於真善」以及「運用金石文字做說明」等三方面，說明《說文段注訂補》一書的成就與其對後世的影響。最後總結此論文，述說筆者撰寫後的研究心得與感想。

　　大體而言，王紹蘭《說文段注訂補》一書的優點在於論據精確、旁徵博引、資料豐富，有利於訓詁考據；而缺點在於引述資料方式稍嫌雜亂，歸字之說不夠周全，並缺乏一套聲韻通轉理論的完整說明，然優點仍大於缺點，實誠如胡樸安於《中國文字學史》一書中所言「為讀段注者所不可不讀之書」也。

目錄

第一章　緒　論

第一節　研究動機、目的與方法

　　自東漢許慎作《說文解字》一書，歷來對於此書就有極多的研究與推崇。如段玉裁於《說文》「一」字下注曰：「以字形爲書，俾學者因形以考音與義，實始於許，功莫大焉。」又王鳴盛於〈說文解字正義敘〉一文中云〔註1〕：「說文爲天下第一種書，讀徧天下書，不讀說文，猶不讀也。但能通說文，餘書皆未讀，不可謂非通儒也。」雖東漢末鄭玄解經時已嘗稱引《說文》，然許慎《說文解字》一書於魏晉之間並不甚顯著，直至六朝隋唐以後，遂漸受世人重視。如陸德明、李善、玄應及慧琳等人，解經釋字皆嘗稱引《說文》以證〔註2〕。然傳寫訛脫，漸失其眞，而至唐朝的李陽冰曾刊定《說文》，但繆誤茲多，已失舊觀。及至南唐，徐鉉和徐鍇二昆弟，並治《說文》，力正李失，其功甚巨，實功不可沒。元明二朝，許學漸式微，治《說文》者，爲數鮮少，此數百年間，其學可謂不彰。直到清朝，小學終於昌明，尤其是在乾嘉時期，名家輩出，不勝其數。即根據丁福保的《說文解字詁林》中所附「引用諸書姓氏錄」統計〔註3〕，從清初到清末羅振玉、王國維等人，研究《說文解字》並且有著述相關書籍或文論者，多達二百餘人，因此許學可說是昌盛於清。

　　清代是小學的黃金時代，無論是在文字方面、聲韻方面或訓詁方面，都有人

〔註1〕見《說文解字詁林正補合編》1，楊家駱主編，台北：鼎文書局，1994年，頁328。
〔註2〕見高明〈說文解字傳本續考〉一文（載於《高明小學論叢》一書），其稱引《說文》者，陸德明《經典釋文》有七百四十六條；李善注《文選》有一千二百四十二條；玄應《一切經音義》有二千四百六十一條；慧琳《一切經音義》有一萬二千二百四十條。
〔註3〕見《說文解字詁林正補合編》1，頁69～74。

做過比較全面而深入的研究。至於在《說文》學方面，王力認爲大致可以分爲四類〔註4〕：

> 第一類是校勘和考證的工作，如嚴可均的《説文校議》、錢坫的《説文解字斠詮》、田吳炤的《説文二徐箋異》、承培元的《説文引經證例》等；第二類是對《説文》有所匡正的，如孔廣居的《説文疑疑》、俞樾的《兒笘錄》；第三類是對《説文》作全面研究，多所闡發的，如段玉裁的《説文解字注》、桂馥的《説文解字義證》、朱駿聲的《説文通訓定聲》、王筠的《説文句讀》；第四類是補充訂正先輩或同時代的著作的，如嚴章福的《説文校議議》、王紹蘭的《説文段注訂補》、鈕樹玉的《段氏説文注訂》、徐承慶的《説文解字注匡謬》、徐灝的《説文解字注箋》等。

以上四類中，其中以第三類最爲重要，而段玉裁、桂馥、朱駿聲、王筠等四人，更被稱爲「《說文》四大家」。後代研究《說文》的學者，亦大多以四大家爲主要研究範疇。四大家當中，首開其端並集其大成，影響後世最深者，莫過於段玉裁《說文解字注》三十卷是也。其書對《說文》的寫作體例、文字之形音義演變等，能發其義蘊，且又能疏通古今音訓，深知《說文》撰作體要，對《說文》多所闡發，故深受後世學者所推重。然智者千慮，必有一失，段玉裁《說文解字注》書成之時，年已七十，精力就衰，不能改正。而其後校讎之事，又屬之門下士，其往往不參檢本書，故未免有誤。於是訂段之學，風起雲湧，蔚爲風尚。故而筆者本篇論文乃是以第四類「補充訂正先輩或同時代的著作」爲主要研究方向。再者，胡樸安於《中國文字學史》一書中言王紹蘭《說文段注訂補》一書爲「讀段注者所不可不讀之書」〔註5〕，筆者欲求此言之然否，故又以訂正和補充段注爲主的王紹蘭《說文段注訂補》爲研究內容。而筆者寫作此論文的目的，乃在於試著探討在清代《說文》學昌盛的學術環境中，除了以「《說文》四大家」爲許學的研究中心外，環繞在「《說文》四大家」外圍的研究，是否亦該加以重視，如此才能比較客觀和全面地瞭解清代《說文》學的研究狀況，進而一窺許學究竟。故此一課題，實具研究之必要。

在研究方法上，第一步是先全面的閱讀和分析王紹蘭《說文段注訂補》一書，進而比較「胡刻本」與「劉刻本」的異同之處；第二步則是統計出《說文段注訂補》十四卷中，各卷訂段與補段的字數，進而瞭解王紹蘭寫作此書的體例與內容特色；再者筆者試著去分析王紹蘭寫作此書的原因與其對於段注的見解，以及在撰寫《說文段注訂補》一書時秉持著何種態度去寫作，此撰作態度又有何優缺點和意義；最

〔註4〕見《王力文集》第十二卷，王力著，山東：教育出版社，1990年，頁139。
〔註5〕見胡樸安《中國文字學史》，台北：商務印書館，1992年，頁316。

後筆者就《說文段注訂補》一書中所言及之事，試著說明王紹蘭的文字學觀，以及王紹蘭此《說文段注訂補》一書的成就與影響。

第二節　歷來對《說文》段注研究之概況

《說文解字注》是段玉裁集大成的著作。該書動筆於乾隆四十一年（1776），完成於嘉慶十二年（1807），前後歷時三十一年。《說文解字注》完成之後，由於經濟拮据，刊刻困難，直至嘉慶二十年（1815）才得以刊行面世，從屬稿到付梓，前後達四十年之久，因此《說文解字注》一書可謂耗盡了段玉裁畢生的心血。這一部著作也受到了當時學術界的極端推崇，王念孫在《說文解字注・序》裡說：「蓋千七百年來無此作矣。」王念孫此句話的意思是說段玉裁的《說文解字注》可以直追許慎的《說文解字》一書，由此可見此書受到當時研究許學者的極爲重視。

《說文》段注自嘉慶二十年（1815）刊成以來，天下廣爲風行，治《說文》者無不奉爲圭臬。但此書卷帙繁多，未經詳加點勘，又書成之時，段氏年已七十，不能重新仔細加以釐正，因此書中不免發生牴牾之處，乃至於遭受後世學者之批評。但是並不會因此而降低段注的貢獻與價值，後學者專事考訂《說文》段注者逾四十家，其中約可分爲五大類〔註6〕：一曰匡其繆誤；二曰訂其譌訛；三曰補其疏漏；四曰申其未詳；五曰箋其要義。至於其是非，近人已有詳評〔註7〕，今取其書目，整理列表於下：

一、民國以前者

1	王念孫	說文段注簽記一卷	2 桂　馥	說文段注鈔案及補鈔
3	鈕樹玉	段氏說文注訂八卷	4 王紹蘭	說文段注訂補十四卷
5	徐承慶	說文解字注匡謬八卷	6 馮桂芬	說文解字段注考正十五卷
7	龔自珍	說文段注札記一卷	8 徐　松	說文段注札記一卷
9	鄒伯奇	讀段注說文札記一卷	10 錢桂森	說文段注鈔案一卷

〔註6〕詳見胡樸安《中國文字學史》，頁299，「段氏說文解字注之檢討」。自來考訂段注者，胡氏分爲「匡段」、「訂段」、「補段」、「申段」、「箋段」等五類。

〔註7〕如胡樸安《中國文字學》，頁299，「段氏說文解字注之檢討」，共收十一種。今人林明波《清代許學考》，收於師大國研所集刊第五號，1961年，頁33，第二篇箋釋類，一、「段注與考訂段注之屬」，共收二十一種。又鮑國順《段玉裁校改說文之研究》，政大中研所碩論，1974年，頁487，「後世申補匡訂及纂例諸書舉要」，共收二十八種。

11 朱駿聲	說文段注拈誤一卷	12 徐　灝	說文解字注箋十四卷
13 馬壽齡	說文段注撰要九卷	14 呂世宜	古今文字通釋十四卷
15 金　鶚	說文段注質疑	16 馮世澂	讀段注說文解字日記一卷
17 于　鬯	說文平段一卷		

二、民國以後者

1 駱鴻凱	餘杭章公評校說文解字注	2 錢玄同	說文段注小箋
3 許世瑛	段氏說文注所標韵部辨誤	4 呂景先	說文段注指例
5 徐　復	說文引經段說述例	6 劉世昌	說文段注武斷說舉例
7 周祖謨	論段氏說文解字注	8 黃然偉	說文解字段注考正校補
9 弓英德	段注說文亦聲字研究	10 陳勝長	說文段注牴牾考
11 沈秋雄	說文解字段注質疑	12 鮑國順	段玉裁校改說文之研究
13 王仁祿	段氏文字學	14 蒙啓賜	說文段注廢字考
15 呂伯友	說文訂段學之研究	16 陳麗珊	說文段注音義關係研究
17 鄭錫元	說文段注發凡	18 南基琬	說文段注古今字研究

三、有目無傳者

1 沈道寬	說文解字注辨正	2 朱駿聲	經韵樓說文注商一卷
3 譚　獻	說文解字注疏	4 何紹基	說文段注駁正四卷
5 王　約	段注說文私測	6 林昌彝	段氏說文注刊誤四卷
7 孫經世	說文段注質疑	以上民國以前，以下民國以後	
8 閔元吉	段注摘例		

　　以上所列，皆考訂《說文》段注者，凡四十三家〔註8〕。

　　胡樸安認爲上述諸家，匡正段注最有力者，莫過於徐承慶之《說文解字注匡謬》。其舉十五目，以匡段注之謬，指出段注之非，然其說未必平允。又鈕樹玉之《段氏說文注訂》一書，舉段注與許書不合者凡六端，所訂甚嚴，然亦未必盡是。又王紹蘭之《說文段注訂補》，其例有二：訂者訂段之譌；補者補段之略。視徐氏鈕氏之書，更爲豐富而暢達，而持論之平實，過於鈕氏，爲讀段注者所不可不讀

〔註8〕詳參林慶勳《段玉裁之生平及其學術成就》，文化中研所博論，1979年，頁299～300。　　　與鄭錫元《說文段注發凡》，師大國研所碩論，1983年，頁317～319。

之書。至於馮桂芬之《說文解字段注考正》，固非匡段訂段，亦非補段申段，直可
爲段氏書之校勘者。馮氏之校勘，大有功於段氏。其就段注而爲箋者，則有徐灝
之《說文解字注箋》。其書就注爲箋，然亦有駁段之處。其書之卷帙，增段氏原書
一倍，至爲繁重，亦可爲讀段注之輔。其性質略與王紹蘭之《說文段注訂補》同，
但不及王書之精耳〔註9〕。

　　胡樸安亦認爲專事考訂段注者，其以客觀的眼光，從事學術之研究，使後人對
於段氏之文字學，認識當更深刻也。其在《中國文字學史》一書中有言〔註10〕：

　　　　段氏之書，爲研究文字學之人，所公認爲博且精者，惟吾人以客觀的
　　　眼光述文字學史，斷不容稍有成見，爲一家之說所囿。

　　　　吾人尊崇段氏之書，而反對段氏之論，尤宜平心靜讀，以見學問之眞。

胡氏這番話，正以示後人爲學研究者，當以客觀公正的角度，分析評斷事物的道理，
不能囿於一家之說或個人之偏見，如此才能得學問之眞實面貌。

　　對於段玉裁之《說文解字注》，其中評述尚稱公允者，當推阮元。其在《段氏說
文注訂敘》中有云〔註11〕：

　　　　金壇段懋堂大令，通古今之訓詁，明聲讀之是非，先成《十七部音均
　　　表》，又著《說文解字注》十四篇，可謂文字之指歸，肆經之津筏矣。然
　　　智者千慮，必有一失，況書成之時，年已七十，精力就衰，不能改正，而
　　　校讎之事，又屬之門下士，往往不參檢本書，未免有誤。

阮元的這番話是很公正的評語，其實匡訂段氏的人，也都是尊崇段氏的人，其所以
做匡正的工作，莫非是想盡個人一己之力，使段注更爲完備，使段注更臻於許書之
眞貌，這種學術風氣反而是值得讚揚的。

　　綜觀以上歷來對《說文》段注研究之概況而言，不管是從事匡訂或補正的工作，
都對《說文》和段注有所裨益。換句話說，《說文》和段注對後世影響甚巨，而這些
匡訂補正之作，也更顯其意義與重要性，值得後世學者加以深入研究。故筆者此篇
論文的研究目的，亦即在探討和瞭解這些匡訂補正段注之作，其意義與價值爲何；
在文字學史上又有何地位與貢獻。雖此論文以王紹蘭《說文段注訂補》一書爲研究
課題，但這只是訂段學研究之起步，而訂段學其他相關之研究，實刻不容緩，有待
學者共同努力。

〔註9〕詳見胡樸安《中國文字學史》，頁299～318，「段氏說文解字注之檢討」。胡氏對以上
　　　諸家有詳盡之說明和介紹。
〔註10〕見胡樸安《中國文字學史》，頁299，「段氏說文解字注之檢討」。
〔註11〕見《說文解字詁林正補合編》1，頁211。

第三節　作者生平及其撰作整理

一、作者生平 〔註12〕

　　王紹蘭，字南陔，又字畹馨，別號思維居士，浙江蕭山人。生於乾隆二十五年（1760），卒於道光十五年（1835），年七十五。家世通儒術，少好學，深研經史大義。乾隆五十八年（1793）進士，授福建南屛知縣，調閩縣，治行卓越，巡撫汪志伊薦之。仁宗曰：「王紹蘭好官，朕早聞其名。」召入見，以知州用，特擢泉州知府。時漳、泉兩郡多械鬥，自紹蘭治泉州，民俗漸馴，而漳州守令以械鬥獄獲罪，詔舉紹蘭以為法。擢興泉永道，捕獲海盜蔡牽、養子蔡三及其黨鄭昌等。遷按察使。母憂去。服闋，起故官，就遷布政使。嘉慶九年，擢巡撫，始終未出福建。尋汪志伊來為總督，與布政使李賡芸不合，賡芸亦素有清名，被誣訐受賂，劾治，憤而自縊。命大臣涖閩，勘問事由，志伊構成詔，加嚴譴，而紹蘭坐不能匡正，牽連罷職歸里，杜門著書，久之始卒。去官後，一意著述，以許叔重、鄭康成為宗，題其齋曰「許鄭學廬」，晚歲成書約三十種。其當乾嘉漢學大昌之時，多採近儒學說，折衷貫串，包蘊宏深，乃於經師中得據一席，非偶然也。

二、撰作整理

　　王紹蘭少嗜學，深研經史大義，因「李賡芸事」而受其牽連。罷職歸里後，乃覃思儒業，專志著述，論著廣博，多詁經之言。然公卒未久，中更寇亂，書頗散亡〔註13〕。所著《國朝八十一家三禮集義》四十二卷、《儀禮圖》十七卷、《說文集注》一百二十四卷、《袁宏後漢紀補證》三十卷，皆麥然鉅帙，惜未行於世。其見刊本者，《周人經說》四卷、《王氏經說》六卷、《說文段注訂補》十四卷、《管子地員篇注》、《漢書地理志注》各若干卷，又有《許鄭學廬文集》〔註14〕。

〔註12〕有關王紹蘭之生平介紹可參見下列書籍：
　　　　一、《清儒學案》卷一百十六，〈南陔學案〉，楊家駱主編，台北：世界書局，1979年，頁2069。
　　　　二、《清儒傳略》，嚴文郁著，台北：商務印書館，1990年，頁21～22，0076條。
　　　　三、《清史稿校註》卷三百六十六，列傳一百四十六，國史館編著，1989年，頁9648～9649。
　　　　四、《清代樸學大師列傳》，吳派經學家列傳第四，支偉成著，台北：藝文印書館，1970年，頁125～126。
〔註13〕見《說文解字詁林正補合編》1，頁218，胡樸棪〈說文段注訂補後序〉中所言。
〔註14〕以上著作引自《清儒學案》卷一百十六，〈南陔學案〉，頁2069。

今依《清儒傳略》所引王紹蘭著作書目，列表於下，共計三十種〔註15〕：

種數	書 目 及 卷 數	種數	書 目 及 卷 數
1	國朝八十一家三禮集義四十二卷	16	匡說詩義疏一卷
2	儀禮圖十七卷	17	老莊急就章一卷
3	說文集注一百二十四卷	18	烈女傳補注正譌一卷
4	袁宏後漢紀補證三十卷	19	讀書雜記十二卷
5	周人經說四卷	20	周人說禮八卷
6	王氏經說六卷	21	唐人宮詞鈔三卷
7	音略一卷	22	古詩鈔二卷
8	音略考證一卷	23	李杜詩鈔二卷
9	說文段注訂補十四卷	24	王氏泰友瓜瓞譜七卷
10	管子地員篇注四卷	25	思維居士存稿十卷
11	漢書地理志校注二卷	26	漆書古文尚書逸文考一卷，附杜林訓故逸文（輯）
12	識語一卷	27	桑欽古文尚書說地理志考逸，中古文尚書一卷（輯）
13	許鄭學廬存稿九卷	28	夏小正逸文考一卷
14	石渠識逸文考一卷	29	弟子職古本考注一卷
15	董仲舒詩說箋一卷	30	凡將篇逸文注一卷

今綜觀上述王紹蘭所著書目，實包含經、史、子、集四部，論著可謂廣博，唯公卒未久，中更寇亂，書頗散亡，今日未可全覽，甚爲可惜。其中《說文集注》一百二十四卷，尤爲王紹蘭畢生精力所萃，但幾經波折，仍未能順利付梓，實一憾事也〔註16〕。

〔註15〕見《清儒傳略》，頁22，「著作」一項。其中《夏大正逸文考》一卷，筆者疑爲《夏小正逸文考》一卷爲是；又《存稿》九卷，筆者疑和《許鄭學廬存稿》九卷相同，今皆加以更正。此外，筆者據〈南陔學案〉另補「《袁宏後漢紀補證》三十卷」一書目，所以共計三十種。

〔註16〕《說文集注》，胡燏棻曾博求諸藏書家，最後得一百二十四冊。原山陰陶君子箴向胡氏言浙江巡撫廬江劉公好小學，欲雕之於浙江官局。故此一百二十四冊，胡氏全交給陶君，但後來陶君卒於京師，劉公遷督四川，事遂止。胡氏從陶君家索回《說文集注》後，篇帙侈繁，自陶君卒後，脫佚靡所正。此事經過詳見胡燏棻〈說文段注訂補後序〉中。（見《說文解字詁林正補合編》1，頁218。）

第二章 《說文段注訂補》刻本、字數與體例的分析

第一節 《說文段注訂補》流傳概況與刻本異同

王紹蘭自從罷職歸里後,乃覃思儒業,專治許叔重、鄭康成之書,著書多至三十種。然公卒後,中更寇亂,書頗散亡。其有關許學著作,今可見書目有二:《說文集注》和《說文段注訂補》。所著《說文集注》一書共一百二十四卷,爲王公一生心力所萃,惜未刊行,實一大憾事也;而《說文段注訂補》一書共十四卷,此書專考段氏《說文》注而作,有訂有補,體例略同馮桂芬《說文解字段注考正》一書,其所訂者,與鈕樹玉《段氏說文注訂》、徐承慶《說文解字注匡謬》二書之見多相同,而所糾正,則視鈕徐爲更暢矣;至於其所補者,則多方徵引而引申之,以闡明許氏之義〔註1〕。

是編遺稿,光緒間胡燏棻搜得於王家而屬刻焉。此刻本有李鴻章、潘祖蔭序,與胡燏棻後序,並作於光緒十四年(1888),世稱之爲「蕭山胡氏刻本」,簡稱爲「胡刻本」。至甲寅年(1914)時,劉承幹別有新刻本。承幹跋云〔註2〕:「此稿爲海寧許子頌丈所藏,儗編入許學叢刻者,今贈承幹刻之。」然劉氏新刻本,內容僅約胡刻本之半,世稱之爲「吳興劉氏新刻本」,簡稱爲「劉刻本」。

以下將先說明王紹蘭《說文段注訂補》一書之流傳概況,其次再說明「蕭山胡氏刻本」和「吳興劉氏新刻本」等二刻本內容之異同,且再和《說文解字詁林正補合編》中所收之《說文段注訂補》做一全面比較,以探討三版本之差異爲何。

〔註 1〕關於王紹蘭《說文段注訂補》一書之介紹,可參見《說文解字詁林正補合編》1,頁211,劉承幹〈說文段注訂補跋〉和頁217~218,李鴻章〈說文段注訂補序〉、潘祖蔭〈說文段注訂補序〉、胡燏棻〈說文段注訂補後序〉等四篇文章。

〔註 2〕見《說文解字詁林正補合編》1,頁211,劉承幹〈說文段注訂補跋〉。

一、流傳概況

《說文段注訂補》一書自光緒十四年（1888）刊刻「蕭山胡氏刻本」及甲寅年（1914）刊刻「吳興劉氏新刻本」以後，即以此二刻本傳世，今分別說明如下：

（一）蕭山胡氏刻本

目前可見此刻本者約有三處：

1. 《續修四庫全書》·經部·小學類；213 冊中所收錄之《說文段注訂補》〔註3〕：

此刻本共十四卷，其中十一卷分上、下兩篇，前有光緒十四年十二月李鴻章序和光緒十四年八月潘祖蔭序，接著爲《說文段注訂補》正文十四卷，最後則是光緒十四年八月胡橚棻後序。筆者此篇論文研究之刻本即據此本，且在論文中所引「胡刻本」卷、頁，亦是根據此本書所言。

2. 《四部分類叢書集成·小學類編》第十二、十三、十四冊中所收錄之《說文段注訂補》〔註4〕：

此書第十二冊收錄《說文段注訂補》序和第一卷至第四卷；第十三冊收錄第五卷至第九卷；第十四冊收錄第十卷至第十四卷（十一卷亦分上、下）。在內容編排上，首先是光緒十四年十二月李鴻章序和光緒十四年八月潘祖蔭序，接著是光緒十四年八月胡橚棻後序，最後則爲《說文段注訂補》正文十四卷。

3. 《百部叢書集成三編·小學類編》第五函中所收錄之《說文段注訂補》〔註5〕：

此書共有十小冊，內容編排分述如下：

第一冊：光緒十四年十二月李鴻章序、光緒十四年八月潘祖蔭序、光緒十四年八月胡橚棻後序和《說文段注訂補》第一卷。

第二冊：《說文段注訂補》第二卷、第三卷。

第三冊：《說文段注訂補》第四卷。

第四冊：《說文段注訂補》第五卷、第六卷。

第五冊：《說文段注訂補》第七卷。

第六冊：《說文段注訂補》第八卷、第九卷。

第七冊：《說文段注訂補》第十卷。

第八冊：《說文段注訂補》第十一卷上。

〔註3〕見《續修四庫全書》·經部·小學類；二一三冊，續修四庫全書編纂委員會編，上海：古籍出版社，1995 年。

〔註4〕見《四部分類叢書集成·小學類編》第十二、十三、十四冊，清·李祖望輯、藝文印書館增輯，台北：藝文印書館，1972 年。

〔註5〕見《百部叢書集成三編·小學類編》第五函，台北：藝文印書館，1971 年。

第九冊：《說文段注訂補》第十一卷下。

第十冊：《說文段注訂補》第十二卷、第十三卷、第十四卷。

綜觀以上三處王紹蘭《說文段注訂補》「蕭山胡氏刻本」，在內容編排上可說是「大同小異」，只有「正文十四卷」和「胡燏棻後序」先後編排之差異，除此之外，在內容字數和訂補編排上皆完全相同〔註6〕。

（二）吳興劉氏新刻本

目前可見此刻本者約有兩處：

1. 《嘉業堂叢書》中所收之《說文段注訂補》〔註7〕：

此書有言據吳興劉氏嘉業堂刊本影印，共有四冊。第一冊收錄《說文段注訂補》第一卷至第四卷；第二冊收錄第五卷至第十卷；第三冊收錄第十一卷（此刻本第十一卷不分上、下）；第四冊則收錄第十二卷至第十四卷和劉承幹〈說文段注訂補跋〉一文。

2. 《嘉業堂叢書》中所收之《說文段注訂補》〔註8〕：

此書亦據吳興劉氏嘉業堂刊本影印，共有四冊。在內容字數和訂補編排上皆與上一本完全相同，唯有在「出版社」和「出版年」方面，此書中有明確說明而已。另外，筆者於論文中所引「劉刻本」內容，即是根據此書所言。

二、「蕭山胡氏刻本」與「吳興劉氏新刻本」的異同

上文已言「蕭山胡氏刻本」與「吳興劉氏新刻本」的流傳概況和內容編排，接著筆者將討論此二刻本在訂補內容和字數上的較大差別，以更深入瞭解此二刻本的異同。

值得一提的是，《說文解字詁林正補合編》中所收錄之《說文段注訂補》，雖是以「劉刻本」為主要依據，但丁福保認為將此刻本輯入，實為憾事之一〔註9〕。

〔註6〕唯《續修四庫全書》二一三冊中所收錄之《說文段注訂補》有四個字未有篆文，疑是刻版時脫誤所造成，此四字即卷六，頁24下，「部」字；頁25下，「鄭」字；頁30下，「邨」字及卷七，頁38上，「菻」字。

〔註7〕此書乃文物出版社據浙江圖書館藏版刻印，共有四冊，出版年不詳，筆者於國立清華大學圖書館之人社分館中曾多次查閱。

〔註8〕見《嘉業堂叢書·說文段注訂補》，清·王紹蘭撰，北京：文物出版社，1982年。

〔註9〕丁福保在〈說文解字詁林後語〉一文中有言：「王南陔中丞，又著有說文段注訂補十四卷。其稿在海甯許子頌先生處，擬編入許學叢刻而未果。後以此稿贈吾友劉翰怡京卿，京卿刻入嘉業堂叢書。說文詁林內所收之段注訂補，即京卿所刻本也。迨編輯既竣，始得胡雲楣觀察光緒十四年所刻本，前有李鴻章潘祖蔭序，末有胡燏棻後

因此後來的「補編」、「補遺」、「補遺之續」等工作，已從「胡刻本」中陸續加以補入，故《說文解字詁林正補合編》中所收錄之《說文段注訂補》實可謂「胡刻本」也。但經筆者逐條逐字加以比對，發現其與「胡刻本」仍有些許差異，時或脫字、脫句、脫段、脫圖〔註10〕；時或兩字訂補內容，《說文解字詁林正補合編》合而爲一字訂補〔註11〕；甚至有三個字和一個「都數」沒有任何內容〔註12〕。因此，筆者稱此《說文解字詁林正補合編》中所收錄之《說文段注訂補》爲「詁林版」。以下即從訂補字數上〔註13〕，探討「胡刻本」、「劉刻本」與「詁林版」〔註14〕等三刻版的異同之處。

序。卷數與劉刻同，惟字數則胡刻多於劉刻約十之四。始知劉刻爲刪節本，非足本也。余編輯詁林時，惜未見胡刻本，致將刪節本輯入，亦爲憾事之一。」此說見《說文解字詁林正補合編》1，頁68。然筆者以爲「劉刻本」雖僅「胡刻本」之半，似經刪節，但胡燏棻後序中曾云：「顧是書王太史（名端履，紹蘭宗人）謂止六卷，而燏棻所得實十四卷，乃先生手定，遺墨爛然，不容有誤。」則紹蘭所定，似有二本，劉氏所刻，或即端履所云六卷者，非出後人之妄刪也。

〔註10〕此脫字、脫句、脫段、脫圖等情況頗多，茲各舉一例以說明：
 1. 脫字：如卷一，頁44上，「菿」字下云：「訂曰：……荄爲雛，何以恐其與菲無別，且毛公即欲申之（頁44下）……」，「詁林版」即無「且」、「公」二字。
 2. 脫句：如卷一，頁39下，「夢」字下云：「訂曰：……蘧蒢、權輿與灌渝，聲相近也，言簡而明，然則段氏此注，其識固出謝孫下矣。（頁41上）」「詁林版」即無「然則段氏此注，其識固出謝孫下矣」一句。
 3. 脫段：如卷三，頁13上，「扐」字下云：「補曰：……紹蘭謹案：經兆與頌，古濼不傳，其數亦無由可識。（頁14下）……則其數且倍於千有二百矣。（頁32下）」「詁林版」即無「紹蘭謹案：經兆與頌，古濼不傳，其數亦無由可識。（頁14下）……則其數且倍於千有二百矣。（頁32下）」等一大段文字。全文詳參附錄一。
 4. 脫圖：如卷一，頁49下，「薅」字下所附之二圖（頁55），「詁林版」即無。
〔註11〕此有二例，即卷六，頁25下「鄭」字和頁30下「邨」字，「詁林版」的「鄭」字和「邨」字「補曰」內容，分別置於「奠」字和「邦」字「補曰」內容之後，形成「詁林版」無「鄭」字和「邨」字之段注訂補，實一大誤也。然此又或許因胡刻本這兩字未有篆文，乃造成《詁林》在做補編工作時，誤爲與上字同一「補曰」內容所致。
〔註12〕此「詁林版」所無之三個字爲：卷五，頁31下，「賣」字和頁33上，「亶」字，以及卷十，頁4下，「騱」字。所無之一個「都數」爲：卷一，頁74下，「左文五十三重二大篆从艸」。
〔註13〕以下表格中訂補字的排列順序，乃是分別依照胡刻本和劉刻本的字序編排。另外，因爲配合電腦可順利排版，故此論文少數字筆者採用「漢字庫」及宋師建華所制「說文標篆體」行文。
〔註14〕因詁林版的《說文段注訂補》是依劉刻本而編定，故此表中詁林版的訂補字是除劉刻本以外的字，也就是《說文解字詁林》在編定工作中陸續增加的字。

	第 一 卷 訂 補 字	總 計
胡刻本	一・弍・元・天・丕・吏・旁・㞢・芬・𝍢・禮・𝍝・祈・禜・禠・祴・瓚・璑・玭・中・屯・屯・莊・䕺・葵・營・芎・蘱・苕・藻・菩・黃・夢・蘁・薽・芸・蕫・萴・荷・蒲・蘜・䕷・薲・蘢・蔼・英・蔆・莢・芒・蕑・蓮・薇・萓・蓁・菅・筊・薙・蘫・若・葦・䓆・莎・莖・萎・葰・斳・䔉・折・都數（左文五十三　重二大篆从艸）・藻・茗・薈・篙・葆・蕃・草・莽	77
劉刻本	一・禜・玭・莊・夢・芸・蘜・蘱・薽・蘢・䕷・萓・菅・筊・薙・草	16
詁林版	弍・元・天・丕・吏・旁・㞢・芬・𝍢・禮・𝍝・祈・禠・祴・瓚・璑・中・屯・屯・萴・葵・營・芎・蘱・菩・藻・菩・黃・蘁・薽・蕫・荷・蒲・蘢・蔼・英・蔆・莢・芒・蕑・薇・萓・蓁・若・葦・䓆・莎・莖・萎・葰・斳・䔉・折・藻・茗・薈・篙・葆・蕃・莽	60
備 註	詁林版無：都數（左文五十三　重二大篆从艸）	1

	第 二 卷 訂 補 字	總 計
胡刻本	巛・釋・唉・周・𡆥・唐・喝・吟・䪩・否・哭・𠯳・透・蠪・迆・逡・連・迀・逞・廷・延・建・躋・蹲・筳・古・𡆥	27
劉刻本	巛・釋・唉・周・𡆥・唐・喝・吟・䪩・否・哭・𠯳・迆・逡・廷・延・躋・蹲	18
詁林版	透・蠪・連・迀・逞・建・筳・古・𡆥	9
備 註		

	第 三 卷 訂 補 字	總 計
胡刻本	䜈・誕・遑・辛・舁・廾・秄・𤰇・共・𦥯・㚧・𡆥・㑵・叔・專・敫・攸・汝・收・弅・兆・雅	22
劉刻本	辛・䜈・舁・叔・㚧・𡆥・㑵・敫・收・弅・兆	11
詁林版	誕・遑・廾・秄・𤰇・共・𦥯・專・攸・汝・雅	11
備 註		

	第 四 卷 訂 補 字	總 計
胡刻本	舊・鵻・乖・羊・羝・羍・羌・𦍋・羑・鷓・難・𩾌・𩾃・雥・烏・𪆂・於・舄・雦・敻・受・歺・殯・體・髆・肎・腎・肺・脾・肝・觸・𩪧・舺・膿	34
劉刻本	羌・𦍋・羑・鷓・難・𩾌・𩾃・雥・烏・𪆂・於・敻・受・殯・腎・肺・脾・肝・觸・𩪧・舺・膿	22
詁林版	舊・鵻・乖・羊・羝・羍・舄・雦・歺・體・髆・肎	12
備 註		

	第 五 卷 訂 補 字	總 計
胡刻本	籓・篋・籃・簏・簡・个・篅・簫・管・箛・笑・第・迁・畀・甚・虍・鬳・磬・殼・稟・馘・亯・亶・夏・盦・羍・睪	27
劉刻本	簡・笑・第・迁・虍・鬳・磬・殼・夏・盦・稟・馘・羍・睪	14
詁林版	籓・篋・籃・簏・个・篅・簫・管・箛・畀・甚	11
備　註	詁林版無：亯・亶	2

	第 六 卷 訂 補 字	總 計
胡刻本	楷・棠・杜・橝・樗・權・楢・梗・橘・橐・構・枑・榜・棥・部・鄭・郢・邛・邦・邮・鄉	21
劉刻本	楷・棠・樗・權・梗・橘・橐・枑・榜・棥・否・邛	12
詁林版	杜・橝・楢・構・部・鄭・郢・邦・邮・鄉	10
備　註	劉刻本「否」字置於卷六；胡刻本則置於卷七	

	第 七 卷 訂 補 字	總 計
胡刻本	否・普・暨・旗・旒・有・曻・朿・鼏・秀・稀・私・稷・稅・齋・粢・穎・簨・秦・棽・竊・家・宦・戚・宰・寬・宛・寄・寓・竂・夂・寒・害・寮・寱・宋・突・瘣・菡・罪・常	41
劉刻本	暨・旗・旒・朿・鼏・齋・粢・簨・穎・秦・棽・宦・戚・竂・夂・寮・寱・宋・菡・罪	20
詁林版	普・有・曻・秀・稀・私・稷・稅・竊・家・宰・寬・宛・寄・寓・寒・害・突・瘣・常	20
備　註		

	第 八 卷 訂 補 字	總 計
胡刻本	人・仍・例・仴・袗・裖・襦・尻・歜・欤・歠・次・𣧑	13
劉刻本	人・仍・例・仴・袗・裖・襦・歜・欤・歠・次・𣧑	12
詁林版	尻	1
備　註		

	第 九 卷 訂 補 字	總 計
胡刻本	纇・願・頎・贅・頯・頷・顧・顝・顯・卸・苟・哲	12
劉刻本	願・苟・哲	3
詁林版	纇・頎・贅・頯・頷・顧・顝・顯・卸	9
備　註		

第 十 卷 訂 補 字		總 計
胡刻本	驖·駓·騋·騤·驪·駁·猲·猶·𤚇·能·本·竘·竫·心·憕·悆·忎·悫·慰·㤟·戀·懣	22
劉刻本	驖·駓·騤·駁·𤚇·本·心·憕·悆·忎·悫·能·竘·竫·戀·懣	16
詁林版	驪·猲·猶·慰·㤟	5
備 註	詁林版無：騋	1

第 十 一 卷 訂 補 字		總 計
胡刻本	沱·浘·湔·沫·溫·涂·溺·洛·潞·洈·溱·潰·油·漢·滍·澧·泄·汲·澮·潒·泗·洹·灘·洙·汶·潮·況·沇·派·汜·湛·滐·濱·潦·涿·旼·沈·浿·潘·く·甽·畎·巜·粼·川·霸	46
劉刻本	沱·浘·湔·沫·溫·涂·溺·洛·潞·洈·溱·油·潰·漢·滍·澧·泄·澮·潒·泗·洹·灘·洙·汶·潮·況·沇·湛·滐·濱·涿·旼·潘·く·甽·畎·巜·粼·川·霸	40
詁林版	汲·派·汜·潦·沈·浿	6
備 註	為與劉刻本比較，故此卷胡刻本訂補字數不分上、下卷，但實際上「澮」字以上為第十一卷上，「潒」字以下為第十一卷下。	

第 十 二 卷 訂 補 字		總 計
胡刻本	閣·闒·酟·甿·扮·抹·扞·姍·戉·戚·瓶	11
劉刻本	閣·闒·酟·甿·扮·扞·戉·戚·瓶·緟	10
詁林版	抹·姍	2
備 註	劉刻本「緟」字置於卷十二；胡刻本則置於卷十三	

第 十 三 卷 訂 補 字		總 計
胡刻本	緟·紂·蠆·蟲·蟁·𧖽·堋·畸·嵯	9
劉刻本	蠆·紂·蟲·蟁·𧖽·堋·畸·嵯	8
詁林版		0
備 註		

第 十 四 卷 訂 補 字		總 計
胡刻本	劉·鈘·軍·岜·巴·醹·亥·帀	8
劉刻本	鈘·岜·醹·亥·帀	5
詁林版	劉·軍·巴	3
備 註		

綜觀以上三刻版十四卷的訂補字，可發現以下幾點情況：

1. 就篇卷上而言

王紹蘭《說文段注訂補》一書共十四卷，其中「胡刻本」十一卷分上和下，而「劉刻本」並不分上、下。且「否」字，「劉刻本」置於卷六，「胡刻本」則置於卷七；「緟」字，「劉刻本」置於卷十二，「胡刻本」則置於卷十三。

2. 就字數上而言

「胡刻本」所訂補的字一共有 370 個；「劉刻本」所訂補的字一共有 207 個。因此，「劉刻本」所訂補的字，約占「胡刻本」的 56%。換言之，此二刻本所訂補的字相差了 163 個，也就是說，「劉刻本」所訂補的字，大約少「胡刻本」有44%之多。

另一方面，《說文解字詁林正補合編》中所收錄的《說文段注訂補》雖是據「劉刻本」而編定，但之後的「補編」、「補遺」、「補遺之續」等工作，已從「胡刻本」中陸續加以補入。從以上「詁林版」的訂補字中可發現，「詁林版」從「胡刻本」中補進了 159 個字，若再加上「詁林版」所無的三個字和一個「都數」，此字數為 163 個，正好是「劉刻本」少「胡刻本」的 163 個字。故筆者前稱《說文解字詁林正補合編》中所收錄之《說文段注訂補》實可謂「胡刻本」也。

3. 就字序上而言

「胡刻本」和「劉刻本」在訂補字的排列順序上，只有在第三、五、六、七、十、十一、十三等卷中，有少數字的編排先後有異，其餘則大部分的字序編排皆相同。

4. 就寫作上而言

（1）「胡刻本」言段注內容前，皆言『注云』，「劉刻本」則言『注曰』，且另置新一行開始行文，而「胡刻本」則只有在《說文》後空一格即開始說明段注內容。

（2）「胡刻本」稱引時人之說大都直稱其姓名，如王引之說、吳穎芳說、何郯海說……等；而「劉刻本」則大都加一「氏」字，稱王氏引之說、吳氏穎芳說、何氏郯海說。

5. 就內容上而言

「胡刻本」和「劉刻本」在內容上時有脫字、脫句、脫段、脫圖等情況發生，換而言之，此乃言「劉刻本」內容少於「胡刻本」也，以下即各舉二例加以說明：

（1）脫 字

　a.「胡刻本」卷一，頁 6 上，「一」字，「凡一之屬皆從一」條〔註15〕，「補曰：……

〔註15〕筆者以下論文中所稱引「胡刻本」之內容，皆先言其所出之卷和頁，再說明其出自何字何條。

𩣡，馬一歲也，從馬，一絆其足；夫，丈夫也，從大，一以像簪也；立，位也，從大立一之上……。」「劉刻本」無「丈」字。

按：《說文》中有「丈」字，「胡刻本」爲是。

b. 「胡刻本」卷十一上，頁 20 上，「溫」字，「從水昷聲」條，「訂曰：皿部昷下但云仁也，從皿，以食囚也，官溥說。……火部煦，一曰溫潤也，炙炮肉以微火溫肉也，㷔溫也，煖溫也，㶿溫也，……」「劉刻本」無「煖溫也」三字。

（2）脫　句

a. 「胡刻本」卷一，頁 34 下，「莊」字，「上諱」條，「補曰：士部壯，从士爿聲，管子小問篇說，苗云至其壯也，莊莊乎何其士也，然則莊解當曰艸壯皃。」「劉刻本」無「士部壯，从士爿聲」一句。

b. 「胡刻本」卷七，頁 54 上，「㒼」字，「㒳㒼平也」條，「補曰：段補从字，改㒼爲㒳是也。……故㒼从㒳，其義爲平，以㒳之義爲平也。」「劉刻本」無「以㒳之義爲平」一句。

（3）脫　段

a. 「胡刻本」卷三，頁 6 下，「叜」字，「老也，從又灾」條，「訂曰：案灾蓋本从又从灾，……何郊海說　紹蘭按：大徐本闕者，闕韵會所引，灾者衰惡也五字當據補，元應說固屬坿會，何氏欲改灾从亦，則穿鑿矣。」「劉刻本」無「紹蘭按：大徐本闕者，闕韵會所引，灾者衰惡也五字當據補，元應說固屬坿會，何氏欲改灾从亦，則穿鑿矣。」一段。

b. 「胡刻本」卷五，頁 2 下，「箇」字，「竹枚也，从竹固聲」條和「个」字，「箇或作个，半竹也」條，「訂曰：案說文介畫也，從人從八，一曰助也。……請以七證明之（頁 3 上）……个爲介字，隸書之省見，於漢碑者顯然可據見上。故說文有介無个，學者不察而強分爲二字，字各爲音，作介者，必古拜反，作个者（頁 6 下），必古賀反，……始則強分介个爲二，既則疑說文之脫个字，而增个字以爲箇之重文，於是倉史之遺文竟亂，於鄉壁虛造之說矣，此不可以不辯。余友顧子明文學曾以个字說示余，援據博而辨論明，余讀而善之，……敢具論之以質於當世之通小學者王伯申說（頁 11 上）。」「劉刻本」無「請以七證明之（頁 3 上）……个爲介字，隸書之省見，於漢碑者顯然可據見上。（頁 6 下）」和「余友顧子明文學曾以个字說示余，援據博而辨論明，余讀而善之，……敢具論之以質於當世之通小學者（頁 11 上）。」等兩大段文字。

（4）脫　圖

「胡刻本」於卷四「腎」字、「肺」字、「脾」字、「肝」字和卷十「心」字等，

於文末皆附圖以示讀者，而「劉刻本」這些字皆無附圖。

6. 就「訂」、「補」二字差異而言：

「胡刻本」和「劉刻本」在訂補同一字時，卻出現了「訂曰」和「補曰」的差異，其例有三：

（1）卷六「樗」字，「胡刻本」頁7下，「木也」條和頁8上，「以其皮裹松脂」條，王紹蘭皆言「訂曰」，而「劉刻本」此二條卻言「補曰」。

> 按：此二條以其內容而言，似「劉刻本」所言「補曰」為是，因內容中並無任何訂正段注之誤，只是補充說明段注「改樗篆為檴，不言其故」和《說文》「以其皮裹松脂」之意。

（2）卷七「萬」字，「胡刻本」頁53下，「從廿，五行之數，二十分為一辰」條，王紹蘭言「訂曰」，而「劉刻本」此條卻言「補曰」。

> 按：以其內容而言，似「胡刻本」所言「訂曰」為是，因此條內容中乃訂正段注「此說從廿之意，五行，每行得二十分，分之適平，其法未聞。」之誤。

（3）卷十一「霸」字，「胡刻本」卷十一下，頁64下，「水音也」條，王紹蘭言「補曰」，而「劉刻本」此條卻言「訂曰」。

> 按：以其內容而言，似「胡刻本」所言「補曰」為是，因此條內容中只是補充說明「羽為水音之義」，並無任何訂正段注之誤。且此條文後，接著有另一「訂曰」，若為「劉刻本」所言的「訂曰」，何不合二為一，而要於文後再另置一「訂曰」呢？故筆者認為應是「胡刻本」所言的「補曰」為是。

第二節　《說文段注訂補》各卷訂補字數的統計

上節已說明過《說文段注訂補》一書的流傳概況與刻本異同的比較，本節將接著討論王紹蘭此書中，各卷訂補字數的統計，並列出各卷所訂與所補的字，以做全盤的分析和整理，並方便讀者日後可順利查閱所需瞭解的字。本節將以「統計字數的依據」和「各卷訂補字表」二部分說明。

一、統計字數的依據

下列統計字數表將分三大項做說明：一、「正文」；二、「重文」；三、「其他」。

而三大項中，各又以「訂字」、「補字」、「既訂且補字」來統計。

　　第一項「正文」是依照許愼《說文解字》中所列的正文來計算；第二項「重文」是計算正文以外的字，包括古文、奇字、籀文、篆文、或體等等；第三項「其他」則是有關於「都數」方面，如「左文五十三重二大篆从蚩」，或是《說文》段注無，而王紹蘭依大徐本、小徐本等其他《說文》版本而立。

　　至於「訂字」、「補字」、「既訂且補字」三項，則是依王紹蘭《說文段注訂補》一書中所言，凡是於「正文」、「重文」、「其他」三項後，明言「訂曰」者，列爲「訂字」；明言「補曰」者，列爲「補字」；於三項後既言「訂曰」又言「補曰」者，則列入「既訂且補字」一項。

項　　　目	正　　文			重　　文			其　　他			
卷　　　數	訂字	補字	既訂且補字	訂字	補字	既訂且補字	訂字	補字	既訂且補字	總計
第　一　卷	15	40	11	3	6		2			77
第　二　卷	9	10	2	1	4			1		27
第　三　卷	6	6	3	3	4					22
第　四　卷	7	8	9	1	9					34
第　五　卷	11	9	3		4					27
第　六　卷	10	7	3	1						21
第　七　卷	13	13	11	1	3					41
第　八　卷	6	2	3		2					13
第　九　卷	5	4	3							12
第　十　卷	8	10	3	1						22
第十一卷上	11		8							19
第十一卷下	8	5	10	1	2	1				27
第十二卷	4	4	2	1						11
第十三卷	4	1	3	1						9
第十四卷	3	2	2	1						8
小　　　計	120	121	76	15	34	1	2	1	0	
總　　　計	317			50			3			370

二、各卷訂補字表

本訂補字表將一一列出王紹蘭《說文段注訂補》一書中，各卷所訂字、所補字與既訂且補字，並說明此書篇卷和《說文》篇卷、段注篇卷的差別。

王 書 卷 數		第 一 卷
《說文》篇數		第一篇上、第一篇下畢
段注卷數		第一卷、第二卷畢
正文	訂 字	瓈・中・菅・藻・夢・甇・蕫・薊・荷・蕑・蘢・薙・若・葰・藫
	補 字	一・元・天・丕・吏・旁・禮・祈・禜・祒・祴・莊・葵・薟・菩・黃・蘜・薲・蕳・蔗・莢・芒・蓮・薂・蓁・菖・筱・蘫・萆・莫・莎・莝・荾・斳・茖・蕡・蒿・葆・蕃・莽
	既訂且補字	瓚・珽・郎・蒤・矗・芸・蒷・英・蕦・薇・草
重文	訂 字	屮・芀・折
	補 字	弌・𧻚・㞢・𠂹・𤽄・𦫶
	既訂且補字	
其他	訂 字	甲・都數（左文五十三 重二大篆从艸）
	補 字	
	既訂且補字	
備 註		

王 書 卷 數		第 二 卷
《說文》篇數		第二篇上、第二篇下畢、第三篇上未畢（至頁5）
段注卷數		第三卷、第四卷畢、第五卷未畢
正文	訂 字	𧶠・釋・否・逡・連・迂・廷・延・蹲
	補 字	唉・周・唐・吟・哭・𠱠・透・迤・建・古
	既訂且補字	逴・蹢
重文	訂 字	簏
	補 字	周・喝・齡・𩯓
	既訂且補字	
其他	訂 字	
	補 字	蠣・
	既訂且補字	
備 註		

王 書 卷 數		第　三　卷
《說文》篇數		第三篇上、第三篇下畢、第四篇上未畢（至頁 25）
段注卷數		第五卷、第六卷畢、第七卷未畢
正文	訂　字	廾・罤・夋・臤・專・攸
	補　字	鬻・辛・芉・共・收・妝
	既訂且補字	誕・斆・雅
重文	訂　字	拜・汝・兆
	補　字	逗・𦯓・𠯑・俊
	既訂且補字	
其他	訂　字	
	補　字	
	既訂且補字	
備　　註		

王 書 卷 數		第　四　卷
《說文》篇數		第四篇上、第四篇下畢
段注卷數		第七卷、第八卷畢
正文	訂　字	摯・夕・殯・體・䯅・肓・艟
	補　字	舊・羊・羝・鶈・敿・受・腎・觵
	既訂且補字	乖・羌・羑・烏・舄・肺・脾・肝・觚
重文	訂　字	丵
	補　字	鵗・難・𤲶・𦆕・𤲞・𦇚・於・雖・𥦓
	既訂且補字	
其他	訂　字	
	補　字	
	既訂且補字	
備　　註		

王 書 卷 數		第　五　卷
《說文》篇數		第五篇上、第五篇下畢
段注卷數		第九卷、第十卷畢
正文	訂　字	篸・箇・簫・管・笑・第・迂・巺・虍・𥣫・弅
	補　字	筤・籃・篷・箛・甚・磬・歔・宣・夏
	既訂且補字	稾・𠫑・罭

重	訂　字	
	補　字	𤖺・个・殼・㲆
文	既訂且補字	
其	訂　字	
	補　字	
他	既訂且補字	
備　　註		

王　書　卷　數		第　　六　　卷
《說文》篇數		第六篇上、第六篇下畢
段注卷數		第十一卷、第十二卷畢
正	訂　字	楷・棠・杜・樽・樗・榰・梗・橢・槀・邛
	補　字	𣏟・部・鄭・野・邦・邨・鄉
文	既訂且補字	構・桴・榜
重	訂　字	樓
	補　字	
文	既訂且補字	
其	訂　字	
	補　字	
他	既訂且補字	
備　　註		

王　書　卷　數		第　　七　　卷
《說文》篇數		第七篇上、第七篇下畢
段注卷數		第十三卷、第十四卷畢
正	訂　字	否・旍・㫑・鼏・秀・私・稷・竈・竊・家・寓・寒・瘕
	補　字	普・暨・旒・稀・成・宰・寬・宛・寄・害・突・罪・常
文	既訂且補字	有・棗・穎・薁・秦・宦・褰・㝱・竅・宋・繭
重	訂　字	稅
	補　字	粂・㮇・竅
文	既訂且補字	
其	訂　字	
	補　字	
他	既訂且補字	
備　　註		

王 書 卷 數		第 八 卷	
《說文》篇數		第八篇上、第八篇下畢	
段注卷數		第十五卷畢	
正 文	訂 字	人・袗・尻・歇・欵・歠	
	補 字	褍・次	
	既訂且補字	仞・例・𥓋	
重 文	訂 字		
	補 字	裖・𧝄	
	既訂且補字		
其 他	訂 字		
	補 字		
	既訂且補字		
備 註			

王 書 卷 數		第 九 卷	
《說文》篇數		第九篇上、第九篇下畢	
段注卷數		第十六卷、第十七卷畢	
正 文	訂 字	頎・頜・顳・苟・晢	
	補 字	願・贅・頟・顯	
	既訂且補字	纇・顧・卸	
重 文	訂 字		
	補 字		
	既訂且補字		
其 他	訂 字		
	補 字		
	既訂且補字		
備 註			

王 書 卷 數		第 十 卷	
《說文》篇數		第十篇上、第十篇下畢	
段注卷數		第十八卷、第十九卷畢	
正 文	訂 字	騧・駝・馭・能・竣・恁・戀・憪	
	補 字	駃・驪・猎・𣚺・本・竘・心・憕・忎・慰	
	既訂且補字	騍・猶・恖	

王　書　卷　數	第　　十　　卷		
重	訂　　字	懸	
	補　　字		
文	既訂且補字		
其	訂　　字		
	補　　字		
他	既訂且補字		
備　　　註			

王　書　卷　數	第　十　一　卷　上		
《說文》篇數	第十一篇上一未畢（至頁 40）		
段注卷數	第二十卷未畢		
正	訂　　字	洈・湔・沫・溫・涂・洛・溱・潧・瀷・潩・泄	
	補　　字		
文	既訂且補字	沱・溺・潞・洈・油・澧・汳・濻	
重	訂　　字		
	補　　字		
文	既訂且補字		
其	訂　　字		
	補　　字		
他	既訂且補字		
備　　　註			

王　書　卷　數	第　十　一　卷　下		
《說文》篇數	第十一篇上一、第十一篇上二、第十一篇下畢		
段注卷數	第二十卷、第二十一卷、第二十二卷畢		
正	訂　　字	潒・洹・洙・潮・況・沇・派・潦	
	補　　字	汶・湛・次・沈・粼	
文	既訂且補字	泗・灘・氾・濱・沔・潘・く・巜・川・霸	
重	訂　　字	旪	
	補　　字	濈・甽	
文	既訂且補字	眽	
其	訂　　字		
	補　　字		
他	既訂且補字		
備　　　註			

王書卷數	第 十 二 卷		
《說文》篇數	第十二篇上、第十二篇下畢		
段注卷數	第二十三卷、第二十四卷畢		
正文	訂 字	閣・闌・扞・瓴	
	補 字	扮・捒・姍・戚	
	既訂且補字	皉・戉	
重文	訂 字	卮	
	補 字		
	既訂且補字		
其他	訂 字		
	補 字		
	既訂且補字		
備 註			

王書卷數	第 十 三 卷		
《說文》篇數	第十三篇上、第十三篇下畢		
段注卷數	第二十五卷、第二十六卷畢		
正文	訂 字	縆・蠿・蟲・坍	
	補 字	紂	
	既訂且補字	疂・畸・疁	
重文	訂 字	鼀	
	補 字		
	既訂且補字		
其他	訂 字		
	補 字		
	既訂且補字		
備 註			

王書卷數	第 十 四 卷		
《說文》篇數	第十四篇上、第十四篇下畢		
段注卷數	第二十七卷、第二十八卷畢		
正文	訂 字	劉・軍・醽	
	補 字	峃・巴	
	既訂且補字	鈀・亥	

重	訂　字	帀
	補　字	
文	既訂且補字	
其	訂　字	
	補　字	
他	既訂且補字	
備　　註		

綜觀以上各卷統計字數和訂補字表，約可歸納出以下兩點：

1. 王紹蘭《說文段注訂補》一書中，訂補字數若以「正文」、「重文」、「其他」三大項而言，以「正文」的 317 個字最多，占了全書的 85.7%，其次是「重文」的 50 個字，占全書的 13.5%，最後是「其他」的 3 個字，只占全書 0.8%；若以「訂字」、「補字」、「既訂且補字」三項而言，以「補字」的 156 個字最多，占了全書的 42.2%，其次是「訂字」的 137 個字，占全書的 37.0%，最後是「既訂且補字」的 77 個字，只占全書 20.8%。

2. 若以篇卷而言，王書卷數大體和《說文》篇數相同，只有第二卷、第三卷、第十一卷上和第十一卷下等有些許差異，故亦可推言王書卷數是依《說文》篇數而定。此外，《說文段注訂補》一書共有十四卷，其中第十一卷分為上、下，此或許是因《說文》第十一篇，因為注文字多而分為上一、上二和下的緣故，王書因而依之。

第三節　《說文段注訂補》寫作方法和體例分析

在探討完《說文段注訂補》的刻本異同和訂補字數的統計之後，此節將要進一步地討論有關王紹蘭在撰寫《說文段注訂補》一書時的寫作方法和體例。並藉由其寫作方法和體例，來瞭解此書的寫作特色和著書目的，以期對此書有更深入之認識。以下即分「寫作方法」和「寫作體例」兩大項來說明。

一、寫作方法

王紹蘭《說文段注訂補》一書的寫作方法可以下列六點做說明：

（一）首列篆文，次列《說文》，再列段注，末列「補曰」或「訂曰」。

如：「胡刻本」卷一，頁 58 下，「龏」字：

蘪　艸也從艸罷聲　注云爾雅釋器旃謂之蘪作此字段〔註16〕借為麾字也

訂曰楚辭傳芭兮代舞蘪即芭之正字吳穎芳說說文理董　紹蘭案爾雅釋器旃

謂之蘪注云旃牛尾也……

（二）若此字《說文》中有數句解釋，訂補字時以《說文》中一句為原則，逐句加以訂補之。

　如：「胡刻本」卷一，頁1，「一」字中，王紹蘭分別在頁1上「一惟初太極」、「道立於一」和頁2上、下「造分天地」、「化生萬物」和頁4上「凡一之屬皆從一」與頁7上「弌古文一」等六條後加以「補曰」，藉此說明《說文》「一」字之意或段注未明之處。

　（三）凡言「訂曰」者，前必有段注，因其目的乃訂正段注之譌，故筆者稱此類為「訂字」。

　（四）凡言「補曰」者，大都是直接列於《說文》句後，以說明《說文》未詳之意；或者少部分是列於段注後，以補充段注未明之處，故筆者稱此類為「補字」。

　（五）若此字在《說文》一句中，段玉裁有注，但王紹蘭認為段注未盡詳實，則其先言「補曰」，以補充說明《說文》或段注未明之意，而後再言「訂曰」，以訂正段注之譌；或一字數句中，王紹蘭有訂有補者，筆者皆稱此類為「既訂且補字」。

　（六）王紹蘭於「補曰」、「訂曰」中，常下案語，如其常用「按」、「案」、「桉」、「紹蘭按」、「紹蘭案」、「紹蘭桉」、「紹蘭謹案」、「紹蘭謂」等詞，以發表其見解。

二、寫作體例

　　所謂的「體例」是指作者在撰寫某部著作時，有其講解、表達、敘述的習慣，而這些習慣可以歸納出不同的條例，成為一固定的書寫形式。余國慶在《說文學導論》一書中即明言〔註17〕：

　　　古人注書表達，有其習慣，也就是所謂的體例。體例，是一部著作講解、表達、敘述的條例，它是在總結、概括幾乎所有同類情況之後，用一固定概念或判斷形式固定下來的。因此，分析古書表達的體例，是讀懂古書的重要前提。

而許慎在撰寫《說文解字》時，亦有其體例存在，只是他並沒有確切的說明出此為寫作體例，如他在《說文解字‧敘》中曾提到：

〔註16〕「段」字應為「假」字之誤，因《說文解字注》中言「假」字，且此乃是段玉裁之語，不應以第三人稱「段借為麾字也」言之。

〔註17〕見《說文學導論》，余國慶著，安徽教育出版社，1995年，頁44。

今敍篆文，合以古籀，博采通人。至於小大，信而有證，稽譔其說。

又云：

其建首也，立一為端，方以類聚，物以群分，同條牽屬，共理相貫，

雜而不越，據形系聯，引而申之，以究萬源。畢終於亥，知化窮冥。

由以上這些話，我們可將《說文解字》之體例做一扼要說明：

（1）說解「字體」方面：以篆文為主，再附以古文、籀文等做說明。

（2）說解「稱引」方面：博采司馬相如、董仲舒、劉歆、揚雄、桑欽……等通
人之說，以資考證。

（3）說解「部次」方面：以「一」部作為五百四十部首之開端，其他之部首則
據形系聯，彼此相連貫而不亂其次。

從以上的說明中可知，許慎已約略提到他在撰寫《說文解字》時的體例，但以
《說文解字》這部內容豐富、包羅笼象的字書而言，這些簡單的體例，並無法真正
表達出許慎在撰寫《說文解字》時的書寫習慣、說解內容、寫作方法與形式架構等，
也因此《說文解字》的體例留給後人相當大的討論空間。

首先對《說文解字》體例進行探討者是段玉裁，其《說文解字注》一書，可說
是專為許慎《說文解字》做注解而寫的，但段玉裁的《說文解字注》是依文作注，
即其將說解附於各字之下，所以其對《說文解字》體例的探討，皆散見於各字的說
解中，並未將體例個別獨立出來而做有系統的整理歸納。直到王筠《說文釋例》一
書，才將《說文解字》的體例分門別類，做全面而有系統的整理歸納，研究出許慎
在撰寫《說文解字》時的書寫習慣和寫作體例。

段玉裁的《說文解字注》是依文作注，所以他將說解附於各字之下，因此對《說
文解字》體例的探討，亦散見於各字的說解中。今人呂景先《說文段註指例》一書，
便列出段氏對於許書之例的根本認識，共十八條〔註18〕：

一、許書分部之例。

二、羅部立文之例。

三、字體先後之例。

四、複見附見各字入部之例。

五、會意字入部之例。

六、異部合讀之例。

七、說文古本體例。

〔註18〕見《說文段註指例》，呂景先編著，台北：正中書局，1992年，頁12～13。

八、行文屬辭之例。

九、說解之例（一）說解之形式（二）說解之內容（三）說解之條例（甲）二字成文，義見上字（乙）連綿字不可分釋（丙）嚴人物之辨，物中之辨（四）說解方法（子）依形立訓（丑）疊韻爲訓（寅）雙聲爲訓（卯）轉注互訓（辰）不以他字爲訓（巳）以義釋形（午）以今釋古（未）析言渾言互包（申）引經傳以訓（酉）兼采異說以訓（戌）分析本身以訓

十、許書皆本形本義及其用字之例。

十一、許書取材之例。

十二、許于經傳從違之例（一）于詩（二）于書（三）于禮（四）于春秋。

十三・許書引經之例（一）言字形會意（二）言假借（三）言字音。

十四、許書稱古之例。

十五、許書用語之例（一）凡某之屬皆從某（二）從某及某聲，附或從、亦聲、省聲（三）古文（四）闕（五）以爲（六）讀若（七）屬別（八）一曰（九）所以（十）某與某同意（十一）某縣某亭（十二）孔子曰（十三）有（十四）之（十五）亦（十六）從（十七）某詞。

十六、許書于郡縣山川之例。

十七、許書所無之例。

十八、其他。

由以上十八條可知，段玉裁對於《說文解字》的體例，不論是在部次、字體、歸字、引用例、說文版本、行文規則、訓詁條例、說解方法、與習慣用語等等，都有相當多獨到的見解。

至於段玉裁所撰寫的《說文解字注》一書，是否亦有其書寫體例？呂景先於《說文段註指例》第二章「段氏自明作注之例」中，指出共有八端 [註19]：

一、古韻之分部。	二、詳考訓詁源流得失。
三、諟正譌字。	四、校勘許書。
五、更定俗字。	六、考正舊次。
七、辨明原文。	八、擇從善本。

以上八端中，第一所以條分古韻，屬音。第二所以疏解字義，屬義。第三至第五所以申辨原形，屬形。形音義三者明，而第六所以考正舊次，第七所以辨明原文，

〔註19〕詳見呂景先《說文段註指例》，頁 7～11。

至言所本，則有第八之擇從善本。

此外，今人鄭錫元《說文段注發凡》〔註20〕更是對段注有極深入之研究，舉凡段氏校勘許書、發明條例、闡發小學與成就評價等探討，都值得後輩研究《說文》段注者所拜讀〔註21〕。

至於王紹蘭《說文段注訂補》一書，其撰作體例，難免亦受許學和段注之影響，王氏雖無明言其書寫體例，但經筆者整理後，約有以下十大條例：

（一）分別部居例　　　　　　　（二）部次例

（三）歸字例　　　　　　　　　（四）連讀例

（五）音訓例　　　　　　　　　（六）義訓例

（七）術語例　　　　　　　　　（八）引經例

（九）引通人例　　　　　　　　（十）引群書例

今舉例詳述於後：

（一）分別部居例

許慎對於《說文》五百四十部首的創立曾提出己見，其於《說文解字・敘》中有云：「分別部居，不相襍廁也。」又云：「其建首也，立一為端，方以類聚，物以群分」全書九千三百五十三個字分為五百四十部，每部確立一字為部首加以統屬各字。部首的設立，是許慎的一大創見，亦影響後世深遠。

而段玉裁在「分別部居，不相襍廁也」下注云：

> 聖人造字實自像形始，故合所有之字，分別其部為五百四十。每部各建一首，而同首者則曰凡某之屬皆从某，於是形立而音義易明。凡字必有所屬之首，五百四十字可以統攝天下古今之字，此前古未有之書，許君之

〔註20〕參見鄭錫元《說文段注發凡》，師大國研所碩論，1983年。

〔註21〕其自序中有言：「錫元之為是篇也，共分五章：首章為『緒論』。參考各書，彙集諸說，先考許君生平及說文解字，復蒐段氏生平及說文段注，撮其大較，揚其精要，俾此二書，有所正緒；第二章為『校勘許書之例』。就段氏校改許書者，條分縷析，釐訂其例，以見其詳；第三章為『發明許書之例』。段氏注說文，發明條例，據以疏解，俾後人讀說文，有所依歸，是段氏之功，實莫大焉。茲就段氏之注，重訂諸說，發其凡目，理其條貫，以明其要；第四章為『闡發小學之例』。段注說文，於小學多所闡發，其說散見全書。茲綜蒐其說，彙為一端；第五章為『結論—說文段注之成就及其評價』。說文段注，成就至偉。然智者千慮，難免一失。故自來於此書，稱疵參半：稱者譽之曰『博大精深』；疵者則譏之曰『過乎武斷』。凡此諸說，彙而考之，重評其價，以見其真，是本篇之大較也。」

所獨刱。……顏黃門曰：其書隸楷有條例，剖析窮根原，不信其說，則冥冥不知一點一畫有何意焉。此最爲知許者矣。蓋舉一形以統眾形，所謂隸楷有條例也。就形以說音義，所謂剖析窮根源也。

段玉裁此意乃言凡字必有所屬之部首，即凡某之屬皆从某，此五百四十部可以統攝天下古今之字，這是以前從來沒有過的說法，是許慎所獨刱的。

王紹蘭對於《說文》五百四十部首的設立仍承襲許慎和段玉裁之意見，如其於卷一，頁4上，「一」字，「凡一之屬皆從一」條云：

補曰：二部凡字解云，最括也。必言凡者，敘云：分別部居，不相雜廁。又云：其建首也，立一爲耑，方以類聚，物以群分，同條牽屬，共理相貫，雜而不越，據形系聯，引而申之，以究萬源。畢終於亥，知化窮冥。是其文字繁多，各有統屬，故須發凡，以爲最括。周官宰夫職曰：掌官成以治凡。左氏隱十一年傳：凡諸侯有命告則書，不然則否。杜注謂：此蓋周禮之舊制，其釋例云：偁凡者五十，其別四十有九，以母弟二凡，其誼不異。說文每部之首言凡，誼取周官左氏矣。某之屬者，尾部：屬，連也。謂連其字使有所統，猶周官則帥其屬之屬也。皆從某者，从部：從，隨行也。謂隨其文，各依其類，猶周官則從其長之從也。

王紹蘭此意乃言「凡某之屬皆從某」爲《說文》五百四十部首設立的原則，因爲文字繁多，各有統屬，故須發「凡」，以爲最括；而「某之屬」乃謂連其字使有所統；「皆從某」則謂隨其文，各依其類，如此天下古今之字皆統屬於五百四十部矣。

（二）部次例

王紹蘭對於五百四十部首「部次」的見解，於書中亦有一論說，即「說文部首之例，凡疊兩字爲一字者，必先列所疊之字於前，而以疊之者次之。」如卷五，頁9上，「箇」字，「竹枚也，从竹固聲」和「个」字，「箇或作个，半竹也」條中云：

訂曰：……且說文部首之例，凡疊兩字爲一字者，必先列所疊之字於前，而以疊之者次之。如王下次以玨部，口下次以吅部之類是也。如說文果有个字爲半竹，則是先有个字，而後疊爲竹字。自當立个部於竹部之前，而以箇字附於个下，云或從竹固聲，乃合全書之例。不應有个字而不列於竹部之前，使後人不知竹字所疊者爲何字也。而說文竹部之前無个部，則本無个字可矣。……

王紹蘭對於部次之說如上所言，「說文部首之例，凡疊兩字爲一字者，必先列所疊之字於前，而以疊之者次之。」其據《說文》部次例以證《說文》竹部之前無个部，

則本無个字可也。

（三）歸字例

　　王紹蘭除認爲「凡某之屬皆從某」爲《說文》五百四十部首設立的原則外，他更進一步提出此「凡某之屬皆從某」亦爲《說文》九千三百五十三字之歸字方法。《說文》說解中凡言「從某」者，不管是「從某形」，抑或「從某音」皆可加以統屬，使字各有所歸。如其於卷一，頁4下，「一」字，「凡一之屬皆從一」條中嘗云：

> 　　又按全書言凡某之屬皆從某，非僅指本部而言，它部有從某字者，皆於此部凡某該之。如一部元天丕吏之從一，自不待言。若帝下云：古文諸上字，皆從一。王下云：孔子曰，一貫三爲王。｜即一之豎，故云一貫三。士，事也，數始於一，終於十，從一從十，孔子曰，推一合十爲士。韻會所引如此，玉篇同。屯，難也。象艸木之初生，屯然而難。從屮貫一，一者地也。蘥，藏也。從乆在蕾中，一其中所以薦之。……以上諸一字，皆一之屬，皆從道立於一之一，故云：凡一之屬皆從一。舉此一隅，其餘五百三十九部，皆可以此推之。

又其於卷十四，頁15上，「亥」字，「凡亥之屬皆從亥」條中亦云：

> 　　補曰：亥部無屬，而云凡亥之屬，知許例不專指本部也。艸部荄，艸根也，從艸亥聲。口部咳，小兒笑也，從口亥聲。言部該，軍中約也，從言亥聲。殳部毅，毅改，大剛卯也，以逐精魅，從殳亥聲。骨部骸，脛骨也，從骨亥聲。……此皆從亥得聲之字，皆亥所屬。故云：凡亥之屬皆從亥。前於一部，已詳說之，茲於亥部，復申明之，以見凡某之屬皆從某，不專指本部而言。始一終亥，文同一例，其餘五百三十八部，皆可類推矣。

王紹蘭此「全書言凡某之屬皆從某，非僅指本部而言，它部有從某字者，皆於此部凡某該之。」之說，其實乃依許慎《說文解字・敘》「其建首也，立一爲端，方以類聚，物以群分；同條牽屬，共理相貫，雜而不越，據形系聯，引而申之，以究萬源。畢終於亥，知化窮冥。」爲說。因爲此五百四十部首，不僅「其建首也，立一爲端」，而且「畢終於亥，知化窮冥」，甚至擴及《說文》全書之字「引而申之，以究萬源」。意即此五百四十部首從一部至亥部，分別統屬《說文》九千三百五十三字。而王氏將「凡某之屬皆從某」的觀念，推展至《說文》九千三百五十三個字，把書中各個「從某」的字相系聯，不管是「據形系聯」（如上例從一之字），或者是「據聲系聯」（如上例從亥得聲之字），也不管是本部或者它部，通通加以系聯爲「凡某之屬」來統屬。對於《說文》全書九千三百五十三字的歸納，實具己見也。

（四）連讀例

　　王紹蘭於書中常言「連讀」一詞，意指《說文》應幾字讀爲一句，有正句逗之用。其例有「二字連讀」、「三字連讀」、「篆解三字連讀」，今分別舉例如下：

1. 二字連讀

　　此例於書中僅出現一次，即卷八，頁 30 上，「歗」字，「所歌也，从欠敷省聲，讀若噭呼」條：

　　　　訂曰：歗所二字當連讀，此解歗所爲歌也。所，楚古音同齒部齤，齤傷酢也，从齒所聲，讀若楚。酢即酸酢之酢，齤从所聲，而讀若楚，歗从敷省得聲，而激聲亦从敷，水部激，从水敷聲。是歗所即激楚。上林賦：激楚結風，謂激烈酸楚之音，依結急之風爲節，不專謂楚人之歌，與項羽傳：四面皆楚歌有別。史記集解引郭璞注：激楚爲歌曲，又引列女傳：聽激楚之遺風，竝不專指楚歌。……

2. 三字連讀

　　此例於書中亦僅出現一次，即卷六，頁 11 上，「櫹」字，「松心木」條：

　　　　訂曰：按：松心木三字連讀，謂櫹木之心微赤，故俑松心木。廣韵云云，乃陸法言等所說，非據說文古本，小顏解櫹字正據許說，故曰其心似松，不謂櫹即松心。許書松櫹檜樅，四篆相次，其解檜云：柏葉松身，如段所云櫹即松心，豈檜即松之身乎。其解樅云：松葉柏身，如段所云櫹即松心，豈樅即松之葉乎。是知檜身似松，故云松身，非即松之身，樅葉似松，故云松葉，非即松之葉，足證櫹心似松，故云松心，其非即松之心明矣。……

3. 篆解三字連讀

　　此例於書中共出現四次，且有詳盡之解說，今舉例說明如下：

　　a. 卷一，頁 31 上，「中」字，「和也」條：

　　　　訂曰：此段氏不善讀說文也。中和也，三字當連篆作一句讀，謂此中字即中和之中，非解中爲和；猶威姑也，謂此威字即威姑之威，非解威爲姑；巢禾也，謂此巢字即巢禾之巢，非解巢爲禾，皆其例也。說文此類多矣中之意所包者，廣内不足以盡之。中對上下言，上之下，下之上爲中；中對前後言，前之後，後之前爲中；中對左右言，左之右，右之左爲中，是中爲絜矩之道。故中對外内言，外之内，内之外爲中，言内不足該中，言中即足以該内，是内不得爲中之訓明矣。……

b. 卷四，頁 3 下，「乖」字，「戾也」條：

> 補曰：戾字解云：曲也，从犬出戶下，戾者身曲也。㐁戾也，三字連
> 讀，㐁經典通作乖。周易序卦曰：家道窮必乖，故受之以睽，睽者乖也。
> 楚詞七諫：吾獨乖剌而無當兮，王逸注曰：乖差也，剌邪也，乖剌猶乖戾，
> 剌戾一聲之轉。㐁从羊角而分)((於丫，戾从犬身而下曲於戶，宜其睽，㐁
> 剌戾而無當矣。……

c. 卷七，頁 31 上，「薻」字，「禾也」條：

> 訂曰：案：薻禾也，當連篆文三字讀爲一句。薻禾猶言擇禾，許非解
> 薻爲禾也。說文有篆解連讀之例，如丨部，中和也，謂中即中和之中，若
> 解中爲和，則禾下謂之中和爲和和。中庸：致中和爲致和和矣。女部，威
> 姑也，謂威即威姑之威，威姑即君姑，若解威爲姑，則下引漢律：婦告威
> 姑爲婦告姑姑矣。氏部，𥔷臥也，謂𥔷即隱几之隱，若解𥔷爲臥，則孟子：
> 隱几而臥爲臥几而臥，莊子：隱几而坐爲臥几而坐矣。土部，坫屏也，謂
> 坫即坫屏之坫，若解坫爲屏，則明堂位：崇坫爲疏屏，論語：反坫爲樹塞
> 門矣。……此薻禾也正是其例，連篆讀之，固自文從義順，段氏乃增一薻
> 字，反謂淺人綮以複字而刪，是不知許例本如此，其誤一也。……

d. 卷十二，頁 17 下，「戚」字，「戉也」條：

> 補曰：戚戉也，三字連讀，如中和也、薻禾也、威姑也之例。戚戉二
> 物，許謂此戚即戚戉之戚，非解戚作戉，爲一物也。……

（五）音訓例

王氏對於「音訓」的條例，可分以下三方面做說明，一是「聲訓問題」，包括雙
聲、疊韻；二是「音訓理論」，包括聲轉、聲之轉、一聲之轉；三是「聲兼義問題」，
包括聲兼義、形聲兼會意、諧聲兼會意等，今舉例如下：

1. 雙聲、疊韻

（1）雙　聲

此例於書中出現頗多次，今舉三例如下：

a. 卷一，頁 14 下，「祈」字，「求福也」條：

> 補曰：祈求雙聲。福下云：祐也。禮記郊特牲：祭有祈焉，鄭注：祈
> 猶求也，謂祈福祥，求永貞也。……

b. 卷六，頁 13 上，「構」字，「蓋也」條：

> 補曰：構蓋雙聲。艸部蓋，苫也。……玉篇：構，架屋也。

c. 卷十一下，頁 32 上，「濱」字，「久雨涔濱也」條：

> 補曰：涔濱雙聲，漢時語。涔字解云：漬也。淮南子俶眞訓：夫牛蹏之涔。高注云：涔，潦水也。……

（2）疊　韻

此例於書中頗常見，今舉三例如下：

a. 卷一，頁 10 下，「天」字，「顚也」條：

> 補曰：頁部顚，頂也。天顚疊韻。禮記目錄月令弟六，孔疏云：春秋説題辭云，天之爲言顚也。……

b. 卷四，頁 5 下，「羊」字，「祥也」條：

> 補曰：羊祥疊韻。晉書禮志引鄭氏婚物贊曰：羊者祥也。

c. 卷十一下，頁 60 下，「川」字，「貫穿通流水也」條：

> 補曰：川穿疊韻，貫穿當爲毌穿。毌部毌，穿物持之也。穴部穿，通也。……

2. 聲轉、聲之轉、一聲之轉

此條例乃言字有聲音關係上的轉變，或聲近，或韻近，而通轉也。

（1）聲　轉

a. 卷十一下，頁 40 下，「潘」字，「淅米汁也」條：

> 訂曰：……春秋宣公十二年，晉楚之戰，楚軍於邲，即是水也，音卞。
>
> 京相璠曰：在敖北沴水，又東逕滎陽縣北，此沴兼邲目之邲，邲卞聲轉，亦即志滎陽之卞也。……

又頁 41 下云：

> 其字皆由聲轉：潘轉爲汳；汳轉爲波；波轉爲播；播轉爲邲；邲轉爲卞，後又加水爲汴。然則潘也、汳也、波也、播也、邲也、汴也，名異而實同也。」

（2）聲之轉

a. 卷一，頁 9 下，「元」字，「從一兀」條：

> 補曰：……紹蘭案：元訓始，始從台得聲，台讀如怡，元台聲之轉，則元字誼兼聲也。……

b. 卷一，頁 72 下，「莝」字，「从艸坐聲」條：

> 補曰：摧莝聲之轉。手部挫，摧也，从手坐聲。摧，擠也，从手崔聲。故小雅以摧爲莝，今莝者或坐鈇柄以斬芻，故莝从坐得聲矣。

c. 卷四，頁 46 上，「觿」字，「環之有舌者」條：

> 訂曰：……紹蘭按：捐齁聲之轉，齁之或字爲鑡，鑡从喬聲，捐从肙
> 聲，肙喬亦聲之轉。……

（3）一聲之轉

a. 卷二，頁11上，「犂」字，「耕也」條：

> 訂曰：……今按耒部無耬字，犂耬一聲之轉，三腳耬即三腳犂，方音
> 不同耳。……

b. 卷四，頁11上，「羌」字，「夷俗仁仁者壽」條：

> 補曰：夷仁一聲之轉。人部仁字解云：親也，𡰥古文仁。玉篇尸部：
> 𡰥古文夷字，又引說文曰：古文仁字。是夷仁古通也。……

c. 卷十一上，頁45下，「溍」字，「从水秦聲」條：

> 訂曰：案溍从曾聲，曾从囱聲，囱即古囪字，溱从秦聲，韵會引說文：
> 秦从舂省聲。囱舂一聲之轉，明曾秦聲本可諧，則溍溱聲亦可諧。禮運檜
> 巢，淮南子原道訓作榛巢，亦曾秦古通之證。……

3. 聲兼義、形聲兼會意、諧聲兼會意

六書中的形聲字是由形符與聲符共同組成，且大多是左形右聲，其中形符最主
要的功用是用來表義，而聲符最大的功用則是用來表音，但聲符亦具有表義的另一
功用。因此所謂的「聲兼義」、「形聲兼會意」和「諧聲兼會意」，便是指六書中的形
聲字其聲符具有表義之功用。

形聲字聲符兼義之說，在前人謂之右文說。右文說最早之歷史，可推至晉代楊
泉之《物理論》，不過《物理論》早已亡佚，《藝文類聚》人部引其述臤字一條云：

> 在金曰堅，在草木曰緊，在人曰賢。

堅緊二字在《說文》臤部，是會意字，而賢字在貝部，从貝臤聲。堅緊从臤，與賢
从臤聲含義相通，可見形聲字聲中寓義。

宋代王聖美作《字解》，今亦不傳。沈括《夢溪筆談》嘗引一則云：

> 王聖美治字學，演其義以爲右文。古之字書，皆從左文，凡字，其類
> 在左，其義在右，如木類，其左皆從木，所謂右文者，如戔，小也。水之
> 小者曰淺，金之小者曰錢，歹而小者曰殘，貝之小者曰賤，如此之類，皆
> 以戔爲義也。

右文之說，歷有所評，至清代段玉裁出，乃正式提出「形聲多兼會意」之理論。如
下幾例：

《說文》二篇上牛部：「犨，牛息聲。从牛、讐聲，一曰牛名。」段注曰：「凡
形聲多兼會意，讐从言，故牛息聲之字从之。」

　　《說文》十一篇上二水部：「池，陂也。从水、也聲。」段注曰：「夫形聲之字多含會意。」

　　《說文》十四篇上車部：「軍，圜圍也。四千人爲軍，从包省、从車，車，兵車也。」段注曰：「於字形得圜義，於字音得圍義。凡渾輼煇等軍聲之字，皆兼取其義。」

　　至於王紹蘭對聲符聲兼義之見解，亦承襲段氏之說，其在《說文段注訂補》一書中屢稱「聲兼義」、「形聲兼會意」和「諧聲兼會意」，今各舉幾例說明如下：

（1）聲兼義

　　a. 卷六，頁13下，「構」字，「从木冓聲」條：

　　　　補曰：冓部冓，交積材也，聲兼義。

　　b. 卷七，頁56上，「常」字，「从巾尚聲」條：

　　　　補曰：从尚衣，尚於常也，聲兼義。

　　c. 卷八，頁33下，「次」字，「从欠二聲」條：

　　　　補曰：二於一爲次，聲兼義。

（2）形聲兼會意

　　a. 卷一，頁19下，「禦」字，「从示御聲」條：

　　　　補曰：彳部御，使馬也。从彳从卸，是御有止義，禦从示御聲，形聲兼會意。

　　b. 卷七，頁47上，「宨」字，「从宀久聲」條：

　　　　補曰：宀者家也，家道窮必乖久於貧也，遭家不造，久於病也，形聲兼會意。

　　c. 卷十三，頁11下，「畸」字，「从田奇聲」條：

　　　　補曰：可部奇字解云：一曰不耦。田有畸零，亦即不耦之義。故畸從田奇聲，形聲兼會意。

（3）諧聲兼會意

　　此條於書中僅出現一例，即卷七，頁48下，「害」字，「丯聲」條：

　　　　補曰：丯，艸蔡也，象艸之散亂也。夂部夆，相遮要害也。从夂丯聲。然則丯是艸之散亂，害从丯得聲，故爲傷害。夆亦从丯得聲，故有遮害誼也，此諧聲兼會意。

（六）義訓例

　　王紹蘭《說文段注訂補》一書中出現義訓之例有兩項，一爲「互訓」，一爲「反訓」，今舉例說明如下：

1. 互 訓

此條於書中出現兩例，即：

a. 卷二，頁 10 上，「犂」字，「經典省作犂。耕也」條：

訂曰：按古無傄耕爲田器者，犂則有之，許犂耕互訓，是犂初亦耕種
通傄，後人名犂田之器爲犂耳，明犂是耕器，亦可傄耕，耕是治田，不得
言器，段以耕爲田器，非是。

b. 卷十，頁 32 下，「戇」字，「愚也」條：

訂曰：戇與愚，建類一首，同意相受，此正六書之轉注也，不得謂之
互訓。墨子非儒下篇：以爲實在，則戇愚甚矣。此墨子自解戇爲愚也，許
義本此。

按：由以上二例可得知王紹蘭對於「互訓」與「轉注」的意見，其認爲「互
訓」需二字在不同一部，且意義相同或相近，如「犂」、「耕」二字；而
「轉注」需二字在同一部首且意義相同，如「戇」、「愚」二字。

2. 反 訓

此條於書中僅出現一例，即卷三，頁 9 上，「斁」字，「从攴睪聲」條：

補曰：攴字說云：小擊也。睪部睪字解云：司視也。从橫目从幸，令
吏將目捕罪人也。攴睪是拘捕罪人而擊之，斁从攴从睪聲，其義爲解者，
此反訓也。

按：《說文》云：「斁，解也，从攴睪聲。」斁之義爲「解」，然「从攴睪聲」
又有「拘捕罪人而擊之」之義，故王紹蘭言「反訓」。

（七）術語例

此術語例乃指「訓詁學的術語」，林尹於《訓詁學概要》一書中有言〔註22〕：

研求訓詁學的目的，在於通曉古書，要通曉古書，則必當知前人注釋
古書所用之語句；此種專用於注釋古書之語句，叫做訓詁學的術語。

陳新雄《訓詁學》上冊一書中將訓詁之術語分爲四大類：即「解釋之術語」、「注音
兼釋義之術語」、「說明詞例之術語」和「用以校勘之術語」，共三十二條〔註23〕。

王紹蘭在《說文段注訂補》一書中亦使用了多條訓詁術語，今分項詳述於後：

1. 謂 之

〔註22〕見《訓詁學概要》，林尹編著，台北：正中書局，1993 年，頁 194。
〔註23〕見《訓詁學》上冊，陳新雄著，台北：學生書局，1994 年，頁 305～357。

「謂之」的意思是說「稱它作」，亦可解釋爲「叫作」。基本型式是「甲謂之乙」，常用於解釋某一語詞之意義。如：

a. 卷一，頁58下，「蘢」字，「艸也，从艸罷聲」條：

　　訂曰：……然則旆謂之蘢，周官持旆而舞，與楚巫持芭而舞，其事正同。蘢正字，巴芭借字，以此知蘢是香艸，其狀如旆，故爾雅以之釋旆。……

b. 卷一，頁62上，「芒」字，「艸耑也」條：

　　補曰：……金部銳，芒也；鏠，兵耑也。兵耑謂之鏠猶艸耑謂之芒，是金亦有芒矣。

c. 卷三，頁3下，「茻」字，「叢生艸也，象茻獄相竝出也」條：

　　補曰：……然則柞豎向上鄂鄂然謂之柞鄂；茻叢向上獄獄然謂之茻獄，其義一也，相竝出説业形。

2. 之言

段玉裁〈周禮漢讀考〉云：「凡云之言者，皆就其雙聲疊韻以得其轉注假借之用。」故凡言「之言」者，本字與釋義之字，或雙聲，或疊韻，而義復可通者也。其基本型式爲「甲之言乙也」。如：

a. 卷一，頁15上，「祈」字，「求福也」條：

　　補曰：……紹蘭案：祈之言求也，亦言近也，謂求近於福也。……

b. 卷四，頁38上，「肝」字，「从肉干聲」條：

　　補曰：肝之言干也，故劉熙釋肝爲幹，謂其體狀有枝幹也。肝通春氣，春木行，故爲木藏。

c. 卷七，頁2上，「普」字，「日無色也」條：

　　補曰：普之言溥也。水部溥，大也。小雅北山篇：溥天之下，孟子引詩作普。普解日無色者，普天之下有日光，不及照之處故無色，以見普之大也。……

3. 猶

「猶」意謂「等於」或「等於說」，其基本型式爲「甲猶乙也」，常用以解釋語詞之用。如：

a. 卷三，頁37上，「雅」字，「鳥也」條：

　　補曰：……紹蘭案：雅爲正字，獲護皆假借也，以形近又轉爲雝濩。許所見山海經、呂氏春秋作雅字，雅即青业之鳥，狀如鳩，音若呵者，重呼之則曰雅雅猶燕亦稱燕燕矣。

　　b. 卷七，頁 45 上，「寓」字，「寄也」條：

　　　　訂曰：人部偶，桐人也。桐人即木偶人，然則木禺龍猶木偶龍，與木

　　　偶人同意。禺者偶之省文，非寓之段借也。

　　c. 卷十一上，頁 4 上，「沱」字，「从水它聲」條：

　　　　補曰：它之言委它也，委它猶逶迤。言沱水出江，逶迤別流也。……

4. 古今字

　　陳新雄於《訓詁學》上冊一書中有言 [註24]：

　　　　凡言古今字者，非如今之區別字同義之古今字，乃指古通用字，亦即

　　　同源字。而古今字有三類：一、凡言古今字者，主謂同音，而古用彼，今

　　　用此；異字異形且異議。二、古人用某，今人用某，亦謂之古今字。三、

　　　時代不同，隨時異用，亦謂之古今字。

王紹蘭《說文段注訂補》一書亦常有「古今字」此一術語出現。如：

　　a. 卷一，頁 41 下，「藟」字，「艸也，从艸畾聲，詩曰莫莫葛藟」條：

　　　　補曰：……齊民要術引詩義疏云：藟似燕薁，連蔓生。太平御覽引毛

　　　詩題綱云：藟一名燕薁藤。唐本艸注云：蘡薁與葡萄相似，然蘡薁是千歲。

　　　蘽藟櫐薰古今字耳。

　　b. 卷五，頁 10 上，「箇」字，「竹枚也，从竹固聲」和「个」字，「箇或作个，半

　　　竹也」條：

　　　　訂曰：……案單行本索隱引釋名曰：竹曰箇，木曰枚。又引方言曰：

　　　箇枚也。又云：儀禮、禮記字爲个。箇个古今字也。是儀禮、禮記作个，

　　　而釋名與方言則作箇。俗本史記誤以索隱爲正義，又改竹曰箇之箇爲个

　　　耳，未可據此以證半竹之爲个也。……

　　c. 卷十四，頁 13 下，「亥」字，「从乚，象褱子咳咳之形」條：

　　　　補曰：亥咳疊韵，咳字解云：小兒笑也。从口亥聲。孩，古文咳从子。

　　　孩咳古今字。……

5. 正字、借字、假借字

　　《說文段注訂補》一書中屢見「正字」、「借字」、「假借字」等名詞，故筆者將

其列於「術語例」之一，王氏時或單言，時或合言，今舉例如下，以見王氏之意。

（1）正　字

　　a. 卷一，頁 59 上，「薖」字，「艸也，从艸過聲」條：

補曰：陳藏器本艸拾遺云：白苣如萵苣，葉有白毛，萵苣冷，微毒，紫色者，入燒鍊，藥用，餘功同白苣也。蕒正字，萵俗省，單評蕒，絫呼蕒苣。

b. 卷二，頁 11 下，「唉」字，「應也」條：

補曰：管子桓公問篇：禹立諫鼓於朝，而備訊唉。此唉應之正字也，訊爲問，明唉爲應，尹注以唉爲驚問，失之。

c. 卷八，頁 21 下，「袗」字，「元服」條：

訂曰：……但袗有元義，袀則但有同義，凡言袀服，正字皆作均，袀漢世通行字。……

（2）借　字

a. 卷一，頁 58 下，「蘢」字，「艸也，从艸龍聲」條：

訂曰：……然則旄謂之蘢，周官持旄而舞，與楚巫持芭而舞，其事正同。蘢正字，巴芭借字，以此知蘢是香艸，其狀如旄，故爾雅以之釋旄。……

b. 卷一，頁 66 上，「茷」字，「春秋傳曰晉欒茷」條：

補曰：……按鉤即句，茷之句。月令孟春之月：句者畢出。茷，从艸以伐爲聲，伐之言發也。見考工記匠人鄭注。故楚公子名茷，字發句也。句正字，鉤借字。

c. 卷十三，頁 4 上，「䖵」字，「匽䖵也，讀若朝」條：

補曰：……又引陸璣疏云：蟷一曰蝘蚏。夏小正五月：唐蜩鳴，唐蜩者，匽也。然則蟷即匽之借字，蚏乃蜩之異文。單呼曰匽亦曰蜩，合呼則曰匽蜩，猶單呼曰䖵，合呼則曰匽䖵，明匽䖵即匽蜩也。方言有輕重，故制字有異同。……

（3）假借字

a. 卷一，頁 21 上，「祴」字，「宗廟奏祴樂，从示戒聲」條：

補曰：……紹蘭案：祴从示从戒得聲，戶部戒，警也。祴之言戒也，客醉而出奏祴夏，以爲行戒也。陔即祴之叚借字。鄉飲酒禮：賓出奏陔。鄭注云：陔，陔夏也，陔之言戒也，終日燕飲酒，罷以陔爲節，明無失禮也。……

b. 卷十一下，頁 28 下，「汜」字，「一曰汜，窮瀆也」條：

訂曰：……紹蘭案：土部圯字解云：東楚謂橋爲圯，即謂張良傳：圯橋也。然則許意不以窮瀆之汜爲下邳之圯橋明矣。橋圯之圯，圯爲正字，汜爲假借字。漢書借汜爲圯，服虔正讀爲圯，應劭亦借曰汜。……

c. 卷十二，頁 15 上，「挷」字，「裂也，从手赤聲」條：

> 補曰：秋官序官：赤犮氏。鄭注云：赤犮猶言挷拔也，主除蟲豸自埋
> 者。公羊宣六年傳：趙盾就而視之，則赫然死人也。何休解詁：赫然，已
> 支解之皃，支解謂裂其尸也，律有支解人。赫即挷之叚借字。

6. 渾言、統言

渾言又稱統言，即含渾籠統的解說。此爲解釋近義詞之術語，經常配合「析言」使用（而析言乃指清楚明白的說明）。當配合析言使用時，其作用在於辨析同義詞、近義詞之間的細微差別。王紹蘭於書中亦偶有提及此二術語，如：

a. 卷一，頁 47 上，「荷」字，「夫渠葉」條：

> 訂曰：……蓋荷以葉得名，扶渠狀其葉之大，荷夫渠之文，雖已見於
> 首句，但渾言之曰荷、曰扶渠，尚未顯其爲葉，故於其莖茄之下，明著之
> 曰其葉荷，令讀者視而可識。……

b. 卷一，頁 80 下，「苕」字，「艸也」條：

> 補曰：……史記趙世家云：顏若苕之榮。集解引綦母邃云：陵苕之艸，
> 其華紫，今凌霄華皆紫赤色，黃華、白華色之異者耳。此苕不可食，故詩
> 及爾雅但詳其色，許統言之曰苕艸，蓋兼旨苕、陵苕二種爲說也。

另外，於書中又出現「別白言」與「渾括言」此二名詞，經筆者詳閱後，認爲其性質分別與上述之「析言」與「渾言、統言」兩項術語相同，故加敘於後，以做說明。

c. 卷十一下，頁 14 上，「洙」字，「水出泰山蓋臨樂山，北入泗」條：

> 訂曰：……惟其山在蒙陰，故酈引地理志曰：臨樂山，洙水所出，西
> 北至蓋入泗水。班以臨樂山亦在蒙陰，洙水出，故別白言之曰至蓋入泗，
> 謂其經流蓋境，而後乃入泗，非謂至蓋即入泗也，是班不誤也。惟其山亦
> 在蓋，故說文曰：水出泰山蓋臨樂山，北入泗。許以臨樂山亦在蓋，洙水
> 出，故渾括言之，不曰至蓋，而曰北入泗，謂其邐迤向北，而後入泗，非
> 謂出蓋即入泗也，是許亦不誤也。……

7. 長言與短言、緩氣言與急氣言

林尹於《訓詁學概要》一書中云 〔註25〕：「凡言長言短言者，聲調之分別也。」又「凡言內言外言，急言緩言者，蓋係聲句之有異也。」王紹蘭於書中亦偶有提及，如：

a. 卷二，頁 17 上，「逶」字，「逶迆，衺去之皃，从辵委聲」條和「蝸」字，「或

〔註25〕見林尹《訓詁學概要》一書，頁 206。

從虫爲」條：

> 補曰：二徐本皆有蝸下五字，段氏刪之。吳氏理董云：虫行逶迤，故
> 從虫爲聲。紹蘭按：長言曰逶迤，短言曰蝸。蝸即逶迤之合聲，故以蝸爲
> 逶之或字。管子水地篇：蝸者，一頭而兩聲，其形若蛇。許但以爲逶之或
> 字，不取管子爲說。

b. 卷十一上，頁44下，「洈」字，「從水危聲」條：

> 補曰：……紹蘭謂：緩氣言之曰宜諸，急氣言之曰洈也。洈，郭音詭，
> 師古音危。

8. 單呼、合呼、絫呼

　　王紹蘭於書中嘗言「單呼」、「合呼」、「絫呼」等名詞，此乃稱呼語詞之用。「單呼」言此語詞僅只一字，而「合呼」和「絫呼」則合二字以稱之。筆者亦將其歸爲「術語例」之一，如：

a. 卷一，頁59上，「薖」字，「艸也，從艸過聲」條：

> 補曰：陳藏器本艸拾遺云：白苣如萵苣，葉有白毛，萵苣冷，微毒，
> 紫色者，入燒鍊，藥用，餘功同白苣也。薖正字，萵俗省，單評薖，絫呼
> 薖苣。

b. 卷六，頁30下，「邽」字，「地名，從邑求聲」條：

> 補曰：玉篇：邽鄉在陳留。案：水經渠水注云：沙水又東南，逕陳留
> 縣裘氏鄉、裘氏亭，西又逕澹臺子羽冢，東陳留。風俗傳曰：陳留縣裘氏
> 鄉有澹臺子羽冢，又有子羽祠，民祈禱焉。然則陳留縣之裘氏鄉，即玉篇
> 所云：邽鄉在陳留者。邽正字，裘叚（應爲段字之誤）借字，單評曰邽，
> 絫評曰裘氏也。

c. 卷十三，頁4上，「鼂」字，「匽鼂也，讀若朝」條：

> 補曰：……又引陸璣疏云：蟛一曰蟚蚏。夏小正五月：唐蜩鳴，唐蜩
> 者，匽也。然則蟛即匽之借字，蚏乃蜩之異文。單呼曰匽亦曰蜩，合呼則
> 曰匽蜩，猶單呼曰鼂，合呼則曰匽鼂，明匽鼂即匽蜩也。方言有輕重，故
> 制字有異同。……

9. 讀若、讀如、讀與某同

　　「讀若」、「讀如」此二術語主要的用途爲擬其音，即爲漢字注音。這種注音的方法，爲反切未出現時之主要注音法。其基本型式爲「甲讀若乙」，或「甲讀如乙」。至於「讀與某同」，段玉裁云：「凡言『讀與某同』者，亦即『讀若某』也。」王紹

蘭於書中亦偶有提及此三術語，如：

（1）讀　若

　　a. 卷三，頁4上，「半」字，「讀若涅」條：

　　　　補曰：讀若寒涅之涅，水部涅，从水足聲。

　　b. 卷十一上，頁59上，「汳」字，「水受陳留浚儀陰溝至蒙爲雝水，東入于泗」條：

　　　　　　訂曰：……據邵所言，水經自爲獲水，説文自爲雝水，合汳雝二篆爲言，其説較段氏欲改説文之雝從水經之獲爲長矣。雝古音讀若澮，轉其聲即爲獲，或僞雝，或僞獲，各隨方語，不煩改雝爲獲也。又汳水即潘水，亦即地理志滎陽下之卞水，詳見潘下。

　　c. 卷十三，頁6下，「蠠」字，「从黽从旦」條：

　　　　補曰：蠠即蝒，蝒亦大腹，故从黽，蠠从旦，故讀若朝，即从旦之意也。

（2）讀　如

　　a. 卷一，頁20上，「禬」字，「祀也，从示昏聲」條：

　　　　　　補曰：……秋官庶民：以攻説禬之。注云：鄭司農云：禬除也，元謂此禬讀如潰癰之潰。紹蘭案：鄭讀禬如潰癰之潰者，天官瘍醫掌腫瘍潰瘍金瘍折瘍之祝藥，劀殺之齊。鄭注云：潰瘍癰而含膿血者，劀刮去膿血，可知禬讀潰癰之潰，取刮去膿血爲義。即女祝禬爲刮去之説，亦是以禬爲禬。除災害謂之禬，去膿血謂之劀，其義同也。

（3）讀與某同

　　a. 卷七，頁5下，「暨」字，「从旦既聲」條：

　　　　補曰：形聲兼會意，讀與臮同。

10. 對文、散文

　　陳新雄於《訓詁學》上冊一書中云〔註26〕：

　　　　　　對文與散文亦配合使用，此時，『對文』指處於同一語法地位或同樣語法作用之近義詞。『散文』指意義相關之近義詞而未用於相對待之地位，而僅用於一方面或單方面説之情況。因此前人常謂『對文則異，散文則通。』其實異是異其別義，通則通其共義。

王紹蘭於書中亦嘗提及此二術語，如：

　　a. 卷一，頁78下，「藻」字，「水艸也」條：

〔註26〕見陳新雄《訓詁學》上冊，頁340。

訂曰：……孟子：麒麟之於走獸；鳳凰之於飛鳥；泰山之於丘垤；河海之於行潦。飛鳥與走獸對文，行潦與丘垤對文，明亦分行潦爲二，不得丘垤各爲一，行潦共爲一也。……

b. 卷二，頁 19 下，「連」字，「負車也」條：

訂曰：管子海王篇：行服連軺輂者，軺當爲輅形之誤也，輅即今之駕字。馬部駕，馬在軛中，輅籀文駕，是其證。服連一事，輅輂一事，輅與服對文，若作軺，小車之軺，於文爲不辭。齊語作服牛軺馬，誤與管子同，而韋注以軺爲馬車，則此字吳時已譌，宏嗣未之知也。段氏讀誤書而不加辨正，疏矣。

c. 卷十一上，頁 13 下，「湔」字，「从水前聲，一曰手澣之」條：

訂曰：……公羊莊三十一年傳：臨民之所漱浣也。何休解詁曰：無垢加功曰漱，去垢曰浣，齊人語是也。澣浣古今字，則澣隸省字，散文槩漱皆通，故許于湔下云：曰手澣之。……

11. 當為、當作

陳新雄於《訓詁學》上冊一書中云〔註27〕：

段玉裁〈周禮漢讀考序〉云：『當爲者，定爲字之誤、聲之誤而改其字也，爲救正之詞。形近而訛，謂之字之誤，聲近而訛，謂之聲之誤。字誤聲誤而正之，皆謂之當爲，凡言當爲者，直斥其誤。』又《周禮漢讀考》云：『凡易字之例，於其音之同部或相近而易之曰讀爲；其音無關涉而改易字之誤，則曰當爲，或音可相關，而義絕無關者，定爲聲之誤，則亦曰當爲。』當爲亦曰當作，皆爲校正原書文字形體之誤，形近而誤，謂之『字之誤』，聲近而誤，謂之『聲之誤』。字誤、聲誤而改正之，即出當爲、當作之例。

王紹蘭此書名爲《說文段注訂補》，對於段注既有訂有補，故此二術語乃常用之條例，今各舉例說明如下：

（1）當　為

a. 卷二，頁 19 上，「逡」字，「復也」條：

訂曰：復當爲復形之誤也。彳部復卻也，從彳日夂，𢓜古文從辵，經典相承作退，逡與竣聲義竝同。齊語：有司已事而竣，謂有司已事而退，故逡亦解爲復也。

〔註27〕見陳新雄《訓詁學》上冊，頁 355。

b. 卷四，頁 24 上，「體」字，「總十二屬也」條：

訂曰：案段注似未知許說所本也，二當爲三。韓子解老篇：人之身三百六十節，四肢九竅，其大具也。四肢與九竅，十有三者，十有三者之動靜盡屬於生焉。屬之謂徒也，故曰生之徒也。十有三至其死也，十有三具者，皆還而屬之於死，死之徒亦十有三，故曰生之徒十有三，死之徒十有三。韓非說止此。然則屬之謂徒，以其屬於生屬於死，計其屬則十有三，謂四肢九竅也。總括人身全體而無不具，故許氏云：體，總十三屬也。此據老子韓非爲說，異於鄉壁虛造者矣。

c. 卷六，頁 27 上，「邔」字，「地在濟陰縣」條：

訂曰：濟當爲沛，據邑部之例，此文當連篆作邔地在沛陰五字，衍一縣字。段氏蓋未審邔成名縣之由，又未考邑部言地言在之例，且未識漢表有封邑在此，食邑在彼之例，故刪改作邔成濟陰縣耳。……

（2）當　作

a. 卷一，頁 82 下，「草」字，「草斗，櫟實也，一曰象斗」條：

補曰：……今按：栗疑當作櫟實之櫟，因聲近傳寫致謟。

b. 卷四，頁 17 上，「烏」字，「取其助气，故以爲烏呼」條：

補曰：烏呼猶烏乎，烏乎猶烏烏。史記李斯列傳：夫擊甕叩缻，彈箏搏髀，而歌呼嗚嗚。嗚嗚當作烏烏。漢書楊惲傳：酒後耳熱，仰天拊缶，而呼烏烏。師古引李斯上書作烏烏，知史記舊本如此，烏烏亦是助歌呼之气。

c. 卷十一上，頁 18 上，「溫」字，「水出犍爲涪，南入黔水」條：

訂曰：犍當作犍、涪當作符、黔當作黚。漢書地理志：犍爲郡符，溫水南至鄨入黚水，黚水亦南至鄨入江。案段氏此注有四誤焉：……

12. 同　意

宋師建華云[註28]：

『同意』是屬於釋形的輔助用語，在釋形的常法下，再透過比類合證的手法，去解釋一些特殊的形構，它或者說明兩字字形偏旁的構意相同，或者說明字形偏旁取象的構意相同，或者說明造字的構意相同，其最終的目的就是藉由合看參照的形式，更合理的去解釋字形，加強形義的密合。

[註28] 見第七屆中國文字學全國學術研討會論文集，宋師建華所撰〈《說文》用語「相似」、「同」、「同意」考辨〉一文，頁 89。

而王紹蘭於書中亦多次提及「同意」一詞，故筆者將其列於「術語例」之一，今舉例說明如下：

  a. 卷二，頁 26 上，「古」字，「故也，从十口，識前言者也，凡古之屬皆从古」條和「�」字，「古文古」條：

    補曰：古文∩者，言古以冒今，與上下四方曰宇，往古來今曰宙，从冂同意，言其無所不包覆也。从𦥑者，經之省文，六經故訓，十口所傳，以識前言，是其義也。

    按：此例中之「同意」乃言「字形偏旁取象的構意相同」。

  b. 卷四，頁 12 下，「芈」字，「古文羌如此」條：

    訂曰：……紹蘭案：屮與羊之丫同意，亦謂羊也。仌仌从四人，人與儿同意，亦謂人也。从四人者，取其人眾牧羊，即篆文羌字所從出也。……

    按：此例中之「同意」乃言「造字的構意相同」。

  c. 卷七，頁 45 上，「寓」字，「寄也」條：

    訂曰：人部偶，桐人也。桐人即木偶人，然則木禺龍猶木偶龍，與木偶人同意。禺者偶之省文，非寓之假借也。

    按：此例中之「同意」乃言「意同」，即意思相同，與上二例之「同意」有別。

13. 正同一例、文同一例、文法正同、其例正同

    此四術語於王氏書中頗常見，其意乃指舉例之文句與某經典古籍中之文句，文法或語法正好相同，常以此來更正字之誤、義之誤或句逗之誤。如：

（1）正同一例

  a. 卷十，頁 10 下，「馺」字，「馬行相及也，从馬及，及亦聲，讀若爾雅曰小山馺」條：

    訂曰：爾雅釋山：小山岌大山峘。郭注云：岌謂高過。許所見本岌作馺，說之曰：馺，馬行相及也，从馬及聲，讀若爾雅曰小山馺大山峘。蓋以山形連互相及，說馬行從驂相及。知許讀小山馺大山曰峘，不以小山馺三字爲句，大山峘三字爲句也。郭注岌謂高過，不注于岌下，而注于峘下，明亦讀六字句絕矣。釋山下云：大山宮小山霍，郭注宮謂圍繞之。小山別大山鮮，郭注云不相連。此二句與小山馺大山峘，文法正同一例，謂大山宮小山曰霍，小山別大山曰鮮，斷不能讀大山宮爲句，小山霍爲句；小山別爲句，大山鮮爲句，即其明證也。……

  b. 卷十，頁 30 上，「愙」字，「春秋傳曰：以陳備三愙」條：

    訂曰：……左氏昭二十五年傳：宋樂大心曰，我於周爲客，明周客與

　　虞賓正同一例。虞以堯子爲賓，取近代之後，則周亦取近代之後杞宋爲客，以陳備之爲三恪，則不得有黃帝堯後，其證五也。……

　c. 卷十一上，頁 10 下，「涐」字，「从水我聲」條：

　　　　訂曰：……漢書元后傳及杜欽傳皆引書公無困我，開元本洛誥作公無困哉，我誤爲哉，與涐誤爲減，正同一例。……

（2）文同一例

　a. 卷三，頁 10 下，「斁」字，「一曰終也」條：

　　　　補曰：……蓋此引經說叚借之法，如莫字解云：火不明也，引書布重莫席。坴字解云：以土增大道上，坴古文坴，从土即，引書龍朕聖讒說坴行。坍字解云：喪葬下土也，引書坍淫于家，文同一例，則斁即斁之叚借也。……

　b. 卷十四，頁 15 下，「亥」字，「凡亥之屬皆從亥」條云：

　　　　補曰：……此皆从亥得聲之字，皆亥所屬。故云：凡亥之屬皆从亥。前於一部，已詳說之，茲於亥部，復申明之，以見凡某之屬皆从某，不專指本部而言。始一終亥，文同一例，其餘五百三十八部，皆可類推矣。

（3）文法正同

　　此僅一例，即卷八，頁 33 上，「次」字，「不前不精也」條：

　　　　補曰：前當作歬，止部歬，不行而進謂之歬，从止在舟上。此文不歬爲一義，不精爲一義。與虍部虔，虎不柔不信也，文法正同。……

（4）其例正同

　　此亦僅此一例，即卷十四，頁 17 上，「不」字，「古文亥，亥爲豕，與豕同意，亥生子，復從一起繫傳本如此」條：

　　　　訂曰：……是以許說古文亥云：與豕同意，謂意同不謂字同，與子夏所云相似者，義正相足。且豕意子起，四字爲韵，與一部極一地物，四字爲韵，其例正同。始終相應，足徵文法之密。若無意字，則少一韵，例亦不符。段氏不從小徐本作同意，而從大徐本刪意字，又云二篆之文實一字，又云豕之古文與亥古文無二字，不特與許氏與豕同意之義相違，且與子夏豕亥相似之說不合，知其讀呂氏春秋於相似字未經留意，於其引呂書相似證與豕同知之。故其注說文於同意字，亦未究心也。

14. 經典通作

　　王氏於書中常謂「某經典通作某」，意指此字在經典古籍中常改作某字，有求本字之意。今舉例說明如下：

a. 卷四，頁 14 下，「鶇」字，「鳥也」條云：

> 補曰：經典通作難。難，金翅鳥也。郝氏懿行云：木難似難鳥所爲。……

b. 卷十一上，頁 59 下，「潧」字，「水出鄭國」條云：

> 補曰：潧經典通作溱，假借也。鄭風溱洧，釋文：溱側巾反。說文溱作潧，云潧水出鄭，溱水出桂陽也。……

c. 卷十一下，頁 64 下，「霸」字，「水音也」條云：

> 補曰：霸經典通作羽。月令：孟冬之月其音羽，鄭注云：三分商去一以生羽，羽數四十八，屬水者以爲最清物之象也，冬氣和則羽聲調。……

（八）引經例

王紹蘭《說文段注訂補》一書引經之例以引十三經爲主，今舉例說明如下：

1. 《周易》

a. 卷一，頁 1 下，「一」字，「道立於一」條：

> 補曰：……繫辭傳曰：易之爲書也，廣大悉備，有天道焉，有人道焉，有地道焉，兼三才而兩之故六，六者非他也，三才之道也，是之謂道。說卦傳曰：昔者聖人之作易也，將以順性命之理，是以立天之道，曰陰曰陽；立地之道，曰柔與剛；立人之道，曰仁與義，立之斯立，是之謂道立。……

b. 卷一，頁 82 上，「蕃」字，「艸茂也」條：

> 補曰：周易坤文言：艸木蕃。此蕃爲艸茂，本義。段注引左傳：其必蕃昌，引申之義耳。

c. 卷四，頁 10 上，「羌」字，「西南僰人焦僥从人，蓋在坤地頗有順理之性」條：

> 補曰：……周易說卦傳曰：坤順也。許氏將說僰與焦僥从人之意，以其有順理之性，故先言蓋在坤地，以見坤有順義。其位又在西南，正當僰焦僥之地耳。……

2. 《尚書》

a. 卷一，頁 9 上，「元」字，「始也」條：

> 補曰：……虞書皋陶謨：股肱喜哉，元首起哉。尚書大傳云：元首，君也，股肱，臣也。……

b. 卷四，頁 21 下，「受」字，「相付也」條：

> 補曰：周書梓材篇：皇天既付中國民，又云：用懌先王受命，上言付下言受，即受相付之義。

c. 卷十一下，頁 20 下，「淖」字，「水朝宗于海」條：

訂曰：按禹貢：江漢朝宗于海，明謂江漢之水朝宗于海，故鄭注云：
江水漢水其流迅疾，又合爲一，共赴海也。猶諸矦之同心，尊天子而朝事
之，荊楚之域，國有道則後服，國無道則先彊，故記其水之義，以著人臣
之禮。尚書禹貢孔疏。⋯⋯

3. 《詩經》

    a. 卷一，頁 10 下，「天」字，「至高無上從一大」條：

補曰：周頌敬之篇：無曰高，高在上。鄭箋云：無謂天高，又高在上，
是至高無上之誼也。⋯⋯

    b. 卷五，頁 29 上，「罄」字，「詩曰缾之罄矣」條：

補曰：小雅蓼莪篇：缾之罄矣。毛傳云：罄盡也。鄭箋云：缾小而盡。
穴部窒，空也，詩曰缾之窒矣。兩引不同，此引毛詩，彼引三家詩也。

    c. 卷十一上，頁 61 下，「澮」字，「詩曰澮與洧方渙渙兮」條：

訂曰：鄭風溱洧篇：溱與洧方渙渙兮。毛傳云：溱洧，鄭兩水名。渙
渙，春水盛也。鄭箋云：仲春之時，冰已釋水則渙渙然。釋文：渙韓詩作
洹，洹音丸。說文作汍，汍音父弓反。段氏謂作汍父弓反，音義俱非，蓋
汎汍之誤。⋯⋯

4. 《周禮》

    a. 卷一，頁 25 上，「瑈」字，「三采玉也」條：

訂曰：周官夏官弁師職曰：諸矦之繅斿九就，瑉玉三采。鄭注云：矦
當爲公字之誤也，三采，朱白蒼也。故書瑉作瑈，鄭司農云：瑈惡玉名，
然則故書經文作瑈玉三采矣。⋯⋯

    b. 卷二，頁 17 下，「迤」字，「从辵也聲」條：

補曰：考工記：既建而迤。鄭司農曰：迤讀爲倚，移從風之移，謂著
戈於車邪倚也。弓人：蒍栗不迤，司農讀同。

    c. 卷四，頁 19 上，「舄」字，「誰也」條：

訂曰：小雅車攻傳：以舄爲達屨。周官屨人注：複下曰舄，禪下曰屨。
故段氏以重沓釋毛傳達屨之達沓，字解曰：語多沓沓也。重沓之云於達義
無所據，今謂達之言夾，考工記曰：以達于川，又曰：兩川之間必有川焉，
明川在兩山之夾，故曰達，故知達屨即夾屨。⋯⋯

5. 《儀禮》

    a. 卷三，頁 12 下，「收」字，「从攴丩聲」條：

補曰：丩字說云：一曰瓜瓠結丩起。收從丩聲，故有撮聚之義。士冠
禮記：夏收。鄭注：收言所以收斂髮也。小雅都人士篇：臺笠緇撮。毛傳：
緇撮，緇布冠。孔疏以爲撮持其髻，是緇撮即夏收遺意。

b. 卷四，頁39上，「觴」字，「觶實曰觴」條：

補曰：觶下云：鄉飲酒觶也。鄉飲酒禮記：獻用爵，其他用觶。經偁
取爵實之者一，實爵者四，實觶者八。鄉射禮偁：取爵實之一，洗爵實之
二，實爵五，取觶實之一，洗觶實之一，觶洗實之二，觶不洗實之一，受
觶實之一，卒觶實之一，實觶六。燕禮偁：卒爵實之一，實爵一，洗象觶
實之二，象觚實之一，實散一。大射儀：卒爵實之一，實爵三，取觶實之
一，實觶二，洗觚實之一。有司徹：實爵二，實觶二，皆謂實酒其中也。……

c. 卷八，頁19下，「袗」字，「元服」條：

訂曰：……案士冠禮：兄弟畢袗元。鄭注云：畢猶盡也，袗同也，元
者，元衣元裳也。古文袗爲均也。賈疏云：以其同元，故知上下皆元。釋文：袗
之忍反，又之慎反，又音眞。是畢袗元，鄭以爲盡同元。今文作袗，古文作均，
而不見有袀字。釋文亦直爲袗字作音，不言本又作袀也。……」

6. 《禮記》（《小戴禮記》）

a. 卷一，頁14下，「祈」字，「求福也」條：

補曰：祈求雙聲。福下云祜也。禮記郊特牲：祭有祈焉。鄭注：祈猶
求也，謂祈福祥求永貞也。禮器：祭祀不祈。鄭注：祈求也，祭祀不爲求
福也。……

b. 卷二，頁25下，「篪」字，「龥或從竹」條：

訂曰：案樂記有篪無箎。月令：調竽笙箎簧。鄭無注，孔疏作篪。釋
文：箎音池，本又作篪同，是皆讀箎爲篪，即段所本。……

c. 卷十，頁22上，「心」字，「在身之中」條：

補曰：禮運曰：王中心無爲也，以守至正。太元經范望注云：在中爲心。

7. 〈夏小正〉（《大戴禮記》）

a. 卷一，頁43上，「芸」字，「淮南王說芸艸可以死復生」條：

訂曰：……夏小正正月：采芸。傳曰：爲廟采也。二月：榮芸。是花
作於二月矣。……

b. 卷一，頁71下，「莎」字，「艸也」條：

補曰：爾雅釋艸：薃侯莎，其實媞。夏小正正月：緹縞。縞也者，莎

隨也。緹也者，其實也。先言緹而後言縞者，何也？緹先見者也。……

c. 卷十三，頁5上，「畾」字，「揚雄說匫畾蟲名」條：

訂曰：……夏小正五月：匫之興，五日翕，望乃伏。下文云：唐蜩鳴，唐蜩者，匫也。……

8. 《左傳》

a. 卷一，頁53下，「薅」字，「夫渠根」條：

訂曰：……左氏隱七年傳曰：絕其本根。謂既絕其根上之本，又絕其本下之根，自上而下，故云本根也。……

b. 卷五，頁27下，「罄」字，「器中空也」條：

補曰：左氏僖二十六年傳：室如縣罄。杜注云：如而也，夏時四月，今之二月，野物未成，故言居室而資糧縣盡。……

c. 卷十，頁25上，「心」字，「凡心之屬皆從心」條：

補曰：案左氏襄九年傳：心爲大火。夏小正：大火者心也。公羊昭十七年傳，何休解詁曰：大火謂心。是天文亦心屬火，素問以心爲陽中之太陽，通氣於夏，即鄭駁異義所云。今醫病之法，以心爲火也。

9. 《公羊傳》

a. 卷一，頁8上，「元」字，「始也」條：

補曰：……公羊隱元年傳：元者何？君之始年也。何休注云：變一爲元，元者氣也，無形以起，有形以分，造起天地，天地之始也，故上無所繫，而使春繫之也。……

b. 卷一，頁72下，「荌」字，「食牛也」條：

補曰：公羊昭二十五年傳：且夫牛馬維婁，委己者也，而柔焉。何氏解詁：委食己者。委及荌之省文。

c. 卷九，頁14上，「卸」字，「舍車解馬也，從卪止，午聲，讀若汝南人寫書之寫」條：

訂曰：……紹蘭謂：方言釋發稅皆爲舍車，發當讀廢。公羊宣七年傳：其言笘入去藋何，去其有聲，廢其無聲者。何休解詁：廢置也，置者不去也，齊人語。……

10. 《穀梁傳》

王紹蘭此書中僅有二例：

a. 卷一，頁74上，「𦰧」字，「籀文斷，從艸在仌中，仌寒故斷」條：

補曰：穀梁成十六年：雨木冰傳，雨而木冰也，志異也，傳曰：根枝折。……

b. 卷七，頁 10 上，「有」字，「春秋傳曰：日月有食之，从月」條：

訂曰：……穀梁莊十八年：春，王三月，日有食之，傳曰：不言日不言朔夜食也。注引何休曰：春秋不言月食日者，以其無形，故闕疑，其夜食何緣書乎。據下言鄭君釋之，此穀梁廢疾中語。何休之說，亦與許所引同意。但彼辭縣而意明，此則言簡而義奧，尋繹之自得之矣。……

11. 《論語》

a. 卷四，頁 12 上，「羌」字，「孔子曰：道不行，欲之九夷，乘桴浮於海有以也。」條：

補曰：桴當爲泭，泭，編木以渡也，正字；桴，眉棟名，假借字。論語子罕篇：子欲居九夷。馬融曰：九夷，東方之夷有九種也。疏引東夷傳曰：夷有九種，畎夷、干夷、方夷、黃夷、白夷、赤夷、元夷、風夷、陽夷，又一曰元菟、二曰樂浪、三曰高麗、四曰滿飾皇侃義疏作滿餙、五曰鳧臾、皇疏作鳧更。六曰索家、七曰東屠、八曰倭人、九曰天鄙。公冶長篇：道不行，乘桴浮於海。馬曰：桴，編竹木大者曰栰，小者曰桴。地理志曰：孔子悼道不行，設浮於海，欲居九夷，有以也。夫許說本此。

b. 卷七，頁 44 下，「寄」字，「託也」條：

補曰：論語：可以託六尺之孤，可以寄百里之命。是寄託通也。玉篇引論語託作仛，人部仛，寄也。然則寄託也，亦得作仛。

c. 卷八，頁 27 上，「裖」字，「袗或从辰」條：

補曰：論語鄉黨篇，何晏集解本作當暑袗絺綌，用正字，皇侃義疏作縝，用通行字。孔安國曰：暑則單服，曲禮作袗絺綌，亦用正字，鄭注曰：袗單也，玉藻作振絺綌，振即裖之借字，注曰：振讀爲袗，袗禪也，此袗又爲禪衣之義。

12. 《孝經》

王紹蘭此書中僅有二例：

a. 卷三，頁 34 上，「兆」字，「古文兆省」條：

訂曰：……紹蘭按：八部八分也，从重八，八別也亦聲，孝經說曰：故上下有別。是許氏以分也說八之義，从重八說八之形，八別也亦聲，說八之聲，又引孝經說上下有別以證八別異字，同聲同義，其解甚明，與龜

兆字迥別。……

b. 卷八，頁 1 下，「人」字，「天地之性最貴者也」條：

> 訂曰：孝經聖治章：天地之性，人爲貴。鄭注云：貴其異於笘物也。
> 唐明皇注同，正義曰：此依鄭注也。許說正本孝經，段云許儷古語，不改其字，
> 令讀者不知是何古語，又汎引禮運之文，既未見性字，又未見貴字，非許
> 意矣。……

13. 《爾雅》

a. 卷一，頁 50 上，「藕」字，「夫渠根」條：

> 訂曰：案爾雅：荷夫渠，其莖茄，其葉蕸，趙當作荷，舊說無此句。其本
> 蔤，其苓菡萏，其實蓮，其根藕，其中的，的中薏，郭注：蔤，莖下白蒻
> 在泥中者。段氏蓋據此注爲說。……

b. 卷四，頁 45 下，「鑮」字，「環之有舌者」條：

> 訂曰：爾雅釋器：環謂之捐。郭注云：著車眾環。此統說車環於名物
> 無當。……

c. 卷十四，頁 6 下，「巴」字，「蟲也」條：

> 補曰：爾雅釋魚篇說貝云：蚆博而頯。郭注：頯者中央廣网頭銳。虫
> 部無蚆，巴爲正字，後人加虫旁耳。貝之屬多出於江，蜀有巴江，即以巴
> 蟲得名，段注云：謂蟲名，是未悟爾雅之蚆即巴矣。

14. 《孟子》

a. 卷二，頁 14 下，「否」字，「不也」條：

> 訂曰：按萬章問：人有言至於禹而德衰？孟子曰：否，不然也。趙氏
> 無注。萬章又問：伊尹以割烹要湯？孟子曰：否，不然。趙注云：否，不
> 是也。萬章又問：孔子於衛主癰疽？孟子曰：否，不然也。趙注云：否，
> 不也，不如是也。萬章又問：百里奚自鬻於秦養牲者？孟子曰：否，不然。
> 趙氏無注。段氏所引，微有舛譌，而三去正文不字，謂今本正文皆譌作否，
> 不然，語贅而注，不可通。……

b. 卷九，頁 1 上，「顙」字，「額也」條：

> 補曰：額下云顙也，是爲轉注。說卦傳爲旳顙，集解云：顙額也，此
> 虞義也。孟子滕文公篇：其顙有泚。告子篇：可使過顙。趙岐注竝云：顙，
> 額也。史記高祖本紀，應劭注云：顏額，顙也，齊人謂之顙。

c. 卷十，頁 10 下，「驩」字，「馬名，从馬雚聲」條：

補曰：孟子：齊有王驩，字子敖。驁下云：駿馬。敖即驁之省文，驩字子敖，即取駿馬為義。

15.《爾雅正義》

a. 卷一，頁 50 上，「藕」字，「夫渠根」條：

訂曰：案爾雅：荷夫渠，其莖茄，其葉蕸，蕸當作荷，舊說無此句。其本蔤，其華菡萏，其實蓮，其根藕，其中的，的中薏，郭注：蔤，莖下白弱在泥中者。段氏蓋據此注為說。邵氏爾雅正義曰：夫渠之本名蔤，此為萌芽初發穿泥而出者之名，故與根別言之也。說文云：蔤，夫渠本。繫傳云：藕節上初生莖時萌芽殼也。邵說止此，繫傳此下尚有在泥中者四字。由是言之，蔤之始發，內含莖芽，生於藕節之上，故郭云：在泥中，後漸與莖同出於水。……

b. 卷一，頁 56 上，「鞠」字，「治牆也」條：

補曰：……邵氏爾雅正義云：鞠自有不華者謂之牡鞠，引蜩氏之文以證其說是也。段云未詳何物，殆未考之蜩氏與。

c. 卷一，頁 64 下，「蓁」字，「艸盛兒」條：

補曰：禮記大學篇引詩云：桃之夭夭，其葉蓁蓁。鄭注云：夭夭、蓁蓁，美盛貌。鄭意蓋以美訓夭夭，盛訓蓁蓁也。爾雅釋訓：蓁蓁，戴也。邵氏正義云：說文分物得增益曰戴。文選注引韓詩：蓁蓁者莪。辭君曰：蓁蓁，盛也。說文所謂分物得增益者，亦言其饒盛也。

16.《韓詩外傳》

王紹蘭此書中明引韓詩外傳者僅有一例，即卷四，頁 28 下，「肓」字，「心下鬲上也」條：

訂曰：案韓詩外傳言人主十二疾有膈肓，云無使下情不上通則膈不作，上材恤下則肓不作。然則膈是膈塞病，即素問陰陽別論：三陽結謂之隔，非膏鬲之鬲。肓是肓瞀，即目部盲，目無牟子，非膏肓之肓。段氏引韓詩而云鬲肓其二，以為肓字之證，誤亦甚矣。

（九）引通人例

王紹蘭《說文段注訂補》一書中常稱引通人或時人之語，如王炎說、王念孫說、王引之說、吳穎芳說、何邽海說、臧琳說、謝金圃說、丁希曾說……等等，其中筆者將王炎、謝金圃、丁希曾和何邽海等四人歸為此「引通人例」一項，因書中所引王炎、謝金圃、丁希曾等三人之說，為引自他書中所載之見；且何邽海之說，王紹

蘭亦未言其所著書，而只單存其說，因此筆者將此四人歸爲「引通人例」。至於其他通人或時人之說，因各有其所著書，且《說文段注訂補》書中亦明言此說所出何書，故筆者將其歸爲「引群書例」一項，並以「作者〈生卒年〉《書名》」此一形式特別表示之，以別一般單用「《書名》」形式表示之群書。

1. 王炎（1138～1218）

王紹蘭此書中僅出現一例，即卷一，頁 27 上，「珽」字，「大圭，長三尺，杼上終葵首」條：

> 訂曰：……大圭，天子服之，非臣下所得用，笏則自天子諸侯至大夫士皆有之，其非大圭明矣。鄭以大圭爲笏，未見其可也。且記言其中博三寸，則是上下皆殺也。其殺六分去一，則上下皆二寸半也，又安知天子諸侯殺其上，大夫士殺其下乎？王炎說。見義疏引。

按：王炎字晦叔，號雙溪，爲宋代詩文家及詞人。王氏此說見皇侃《禮記義疏》中所引。

2. 謝金圃（1719～1795）

王紹蘭此書中僅有二例：

a. 卷一，頁 40 下，「夢」字，「灌渝，从艸夢聲，讀若萌」條：

> 訂曰：……謝氏金圃即斥之曰注謬，幹謂骨幹，勝讀平聲，權輿始基也，立基能勝之也。自孔氏有此注，或又爲造衡自權始，造車自輿始之說。孫氏季述正之以爲權輿者，艸木之始。……

b. 卷九，頁 15 上，「苟」字，「自急敕也」條：

> 訂曰：案說文苟字云自急敕也，己力切。字从入人，與艸部苟字音義迥別，儀禮燕禮聘禮之賓爲苟敬，俱當作急敕解，讀同急，傳寫或誤从艸，鄭注遂以假且小敬解之，失之矣。大學盤銘之苟日新亦然。謝金圃說。見孫氏讀書脞錄。紹蘭按：謝說苟敬是也。……

按：謝金圃即謝墉，清康熙至乾隆時人。第二例之謝說見《讀書脞錄》一書，此書乃孫志祖所著，孫氏字詔穀，號約齋，清浙江仁和人，乾隆進士，官御史，著《讀書脞錄》七卷，續編四卷等書。

3. 丁希曾

王紹蘭此書中僅有一例，即卷七，頁 3 上，「暨」字，「日頗見也」條：

> 補曰：暨以既爲聲，說文云：日頗見也，頗即易無平不頗，書無偏無頗之頗。頗偏側也，因此得禹貢朔南暨聲教之解，蓋此朔南即素問立於子

而面午，立於午而面子之處也。此地日不當人頂，僅見其偏側。暨字上從月既望之既，下從旦，旦者日初出地也。緣太陽祇行赤道南北二十三度半，其外則不到也。……周書君奭篇曰：海隅出日，罔不率俾，在周且然，而況唐虞之際乎！此亦可爲朔南暨聲教之一證。丁希曾說。見盧氏龍城札記。

紹蘭案：暨之字可與日食既之既相證明。……

按：丁傳，字希曾，號魯齋，清乾隆諸生，生卒年不詳。研精經術，盧文弨稱其能傳敬學。丁氏之說見《龍城札記》一書，此書乃盧文弨所著。盧氏字召弓，號抱經、檠齋，清浙江仁和人，爲清代校勘學家、詩文作家，著《抱經堂文集》三十四卷、《鐘山札記》、《龍城札記》等書。

4. 何刱海（1775～1821）

a. 卷二，頁16上，「哭」字，「哀聲也，从吅从獄省聲」條：

　　補曰：案韓詩外傳曰：汝獨不見夫喪家之狗乎，既斂而椁，布器而祭，顧望無人意欲施之。說文器，皿也。象器之口，犬所以守之。則哭之从犬，豈亦取喪家之狗之意乎，是亦一說也。何刱海說。

b. 卷三，頁7上，「臤」字，「堅也，从又臣聲，凡臤之屬皆从臤，讀若鏗鎗，古文以爲賢字」條：

　　訂曰：案古者書臤才之臤爲臤，而書多財之賢爲賢，石鼓詩有多賢二字，尋其上下文理，當爲獲獸眾多之義。觀漢碑用此尚不誤，而今之經典乃誤矣。段若膺反以古文作臤爲假借，何其到也。何刱海說。

c. 卷十一下，頁31下，「湛」字，「沒也，从水甚聲，一曰湛水豫州浸」條和「溓」字，「古文」條：

　　補曰：職方氏：其浸潁湛。鄭注曰：湛或爲淮。周禮漢讀考曰：湛字與淮形聲皆不相近。經義述聞曰：淮疑當爲淫字之誤也。淫之爲淮，猶淫雨之爲淮雨。說見文心雕龍練字篇。又涉下文淮泗字而誤也，湛與淫古同聲而通用。治運案：湛與淫雖有通用之處，但湛水之爲淫水，終屬意必之說，故述聞亦疑之，而不敢質也。說文：湛水豫州浸，溓古文，則淮當爲溓之誤，述聞偶未照耳。何刱海說。

按：何治運，字刱海，閩縣人，清嘉慶十二年舉人。恰聞強識，篤嗜漢學。阮元督兩廣時，嘗聘纂廣東通志。後遊浙中，巡撫陳若霖爲刻其經解及論辯文字四卷，名何氏學。道光元年卒，年四十七。著有《何氏學》四卷、《公羊精義》、《論語解詁》、《孟子通義》、《周書後定》、《傅子後定》、《太玄經補注》等書。

（十）引群書例

王紹蘭《說文段注訂補》一書所稱引的典籍爲數眾多，包括經史子集四部皆有，以下筆者將一一加以舉例說明。

1. 臧琳（1650～1713）《經義雜記》

a. 卷三，頁 3 下，「𡴭」字，「凡𡴭之屬皆從𡴭」條：

> 補曰：春秋文五年冬十月甲申許男業卒，左氏公穀經竝同。公羊解云：許男業卒，正本作辛字。案辛者𡴭之爛字，即說文艸叢生之𡴭也，蓋許男本名𡴭，因此字經傳少見，學者罕識，故或誤爲業，或誤爲辛耳。臧琳說。
>
> 經義雜記。……

b. 卷九，頁 7 下，「頎」字，「頭佳兒」條：

> 訂曰：玉篇頁部頎渠衣切，詩云：碩人頎頎，傳：具長貌，又頎頎然佳也。案今詩作碩人其頎，傳：頎長貌，箋云：言莊姜儀表長麗俊好頎頎然，又下章碩人敖敖，箋云：敖敖猶頎頎也。據鄭箋知詩頎字本重文，六朝時猶未誤，故顧野王據之正義曰：下箋云敖敖猶頎頎也，與此相類，故亦爲長貌。以類宜重言，故箋云頎頎然長也。據此知唐初孔所見本已作其頎矣。臧琳說。經義雜記。……

c. 卷十，頁 5 下，「騋」字，「馬七尺爲騋，八尺爲龍」條：

> 補曰：……臧氏經義雜記曰：爾雅釋畜馬八尺爲駥，郭注引周禮曰：馬八尺已上爲駥。案夏官廋人：馬八尺以上爲龍，鄭司農引月令駕蒼龍，禮記月令注云：馬八尺以上爲龍。淮南子時則訓：乘蒼龍，高注云：周禮馬八尺已上曰龍也。說文馬部云：馬七尺爲騋，八尺爲龍。公羊傳隱元年注云：天子馬曰龍，高七尺以上，俱不作駥字。釋文作戎，云本亦作駥，而融反蓋以戎與龍聲近借用，從馬者俗字，說文所無，後漢書注引爾雅曰：馬八尺爲龍，則與諸書同。

2. 惠士奇（1671～1741）《禮說》

王紹蘭此書中僅有二例：

a. 卷一，頁 27 上，「玭」字，「大圭，長三尺，杼上終葵首」條：

> 訂曰：……說文曰：玭，大圭，長三尺，杼上終葵首，又曰椎擊也，齊謂之終葵，終葵爲椎猶不律爲筆，疾黎爲薺，皆異國殊語。相玉書言理大六寸，其燿自照。見離騷王逸注。玉篇亦云：理美玉，埋六寸光自輝。而康成引相玉書理作玭，說文有玭無理，蓋理即玭，古今文。康成合玭與大

圭爲一，與説文同。……枔長也，方言引燕記曰：豐人枔首。枔首，長首也。楚謂之伃，音序。燕謂之枔，諸矦之笏詘前，故前短，天子之珽枔上，故上長。既曰方正，玉藻：天子搢珽方正於天下也。而又欘之，誤矣。惠士奇説。禮説。紹蘭謹案……

b. 卷七，頁 52 下，「苚」字，「平也」條：

補曰：周官鼈人注，鄭司農云：互物謂有甲苚胡，胡猶互也。見釋名。苚猶曼也。互物之甲，欲張開闔，其狀曼曼然，故曰苚胡。脩盧圜蠏，其類皆然。淮南時則訓：其蟲介，高誘注曰：介甲也，象冬閉固皮漫胡也。苚曼漫音同義亦通。互一作洭，左傳固陰洭寒，洭一作涸，讀爲互，言閉之固也。戰國策：蚌方出曝，鷸啄其肉，蚌合而箝其喙，鷸曰：今日不雨，明日不雨，即有死蚌兩開也。開爲兩，閉爲苚。惠士奇説。禮説。紹蘭案：惠氏開爲兩，閉爲苚之説，與苚从网解爲平之義正合，目部瞞，平目也，从目苚聲，平目謂之瞞，以其从苚平之苚得聲耳。

3. 吳穎芳（1701～1781）《說文理董》

a. 卷一，頁 7 上，「弌」字，「古文一」條：

補曰：吳氏穎芳説文理董云：弋者代之省，猶枚也，一枚爲弌，弌弍竝同。……

b. 卷四，頁 13 下，「羑」字，「進善也」條：

訂曰：……吳氏西林曰：別列羑字在厶部，㕌之古文同誘，誘進於善也，从羊者，从善省會意。説文理董。略同江説，較段爲長。

c. 卷四，頁 20 上，「舄」字，「象形」條：

補曰：下體象同烏鳥，上體臼象鼻，舄知太歲所在，而作巢也。吳穎芳説。説文理董。

4. 盧文弨（1717～1795）《經典釋文考證》

王紹蘭此書中僅有一例，即卷十，頁 8 下，「騋」字，「詩曰騋牝驪牡」條：

訂曰：……周禮廋人音義：牡驪，茂后反，下力知反，絕句。牝元，頻忍反，絕句。駒裹。奴了反，劉音繞，郭璞音同，劉義異鄭。案今爾雅作牝驪牡元，與此牡牝字互易，所謂義異鄭也。此注舊本亦皆作牝驪牡元，即疏亦如是，今官本盡改從釋文，鄭注禮記檀弓引爾雅文，紹蘭案：宋撫州本檀弓，鄭注引爾雅亦作牝驪牡元。疏謂牝者色驪，牡者色元，與此注疏，舊本恐皆因郭本爾雅誤改鄭義。陸氏爾雅釋文云：孫注改上騋牝爲牡，讀與郭異，是孫炎

亦本於鄭也。此於牝驪絕句，牝元絕句，明白如此。而今爾雅本乃反以駯牝句，驪牡句，此又邢昺之誤也。盧文弨說。經典釋文考證。紹蘭案……

5. 江聲（1721～1799）《六書說》、《尚書集注音疏》

a. 卷一，頁10上，「元」字，「從一兀」條：

補曰：……江叔澐六書說曰：諧聲者定厥所從而後配以聲，聲在字後者也。如江河皆水名，故皆從水，從水非聲也，是所謂以事爲名，配以工可，乃得聲耳。江古紅反，故曰工聲。古或以可爲河，合戈反，故河得可聲，是以配合之字爲聲，所謂取譬相成也，故曰聲在字後。由此推之，是說文解字所云某聲、某省聲、某亦聲之等，胥準諸此矣。

b. 卷四，頁13上，「羌」字，「進善也」條：

訂曰：段據顧命馬注謂進當作道，今謂道善不若進善之顯。江氏叔澐曰：說文羊部羌，進善也。又厶部羑字重文作誘，古文作羑，則誘羑同字。鄭箋詩衡門敘云：誘進也，故云羑進。釋文引馬注云：羑道也。案承天改殷命之下，而言文武誕受羑若，則是謂文武受天命而進順之故，羑當訓進，馬以羑爲道，似未安。尚書集注音疏。

c. 卷五，頁22上，「辰」字，「日月合宿爲辰」條：

訂曰：堯典日月星辰。日，一日行一度；月，一日行十三度十九分。度之七星二十八宿，環列于天，四時迭中者也。日月之會曰辰食身反，分二十八宿之度爲十二次，是爲十二辰。若所謂星紀元枵娵訾降婁大梁實沈鶉首鶉火鶉尾壽星大火析木之津是也。江聲說。尚書集注音疏。……

8. 程瑤田（1725～1814）《通藝錄》

a. 卷二，頁17下，「迆」字，「夏書曰東迆北會于匯」條：

補曰：東迆北會于匯，即匯澤爲彭蠡之匯，會于匯猶言會于漢也。所匯之彭蠡，雖在江之南，而匯澤之漢水則在江之北，經不直曰會于漢，而必曰會于匯者，漢之道里長，自東流爲漢，至南入于江，東匯時通名漢水，而匯澤之漢水則止爲彭蠡之一處。易漢之名而曰匯者，以其所能而名之，蓋古人命名，惟變所適類如此。北即指謂漢水也，漢水南入于江又東焉，雖匯澤而迴旋前行，依然由江之北岸，故謂江之迆漢爲迆北也，江水東迆，迆訓邪行，亦訓邪倚，江水倚於漢，與其所匯彭蠡之處而相會焉，故曰東迆北會于匯也。程瑤田說。通藝錄。……

b. 卷十一下，頁43上，「く」字，「水小流也」條：

補曰：く者一水流於谷中之形也，巜者水流出谷與他谷之水會而成
谿，故字从二く，不一く之形也。巛者群巜所趨，字从三く，眾水之形也。
禹於水治之後，乃暨稷播漸次設溝洫之制，畎澮諸名，自爲一事，不與濬
畎澮之天成者同也。溝洫廣深之度起於畖，匠人廣尺深尺謂之畖，此人力
所爲在田間者。程瑤田說。通藝錄畎澮異同考。

c. 卷十一下，頁 62 上，「川」字，「凡川之屬皆從川」條：

補曰：程氏易疇曰：遂人之制九澮，而川周其外，其說始於鄭氏之誤，
而踵其誤者，至謂洫溝以上皆以一承九，不知鄭氏於澮，乃變法以求其通，
致有九澮之誤。未嘗言澮之承洫，洫之數亦爲九，洫之承溝，溝之數亦爲
九也。嘗試言之，遂人夫間有遂，遂承百畖也，十夫有溝，溝承十遂也。
若止九遂，則南畝遂縱南流於溝，其最東一夫無遂，無遂可也。而此一夫
之畖，不東流入於洫乎？……然規其大致以立法，則由畖而遂，而溝，而
洫，而澮，而川，必遞相承焉，不可有所跨越以自破其例，故詳說之以與
世之治古文者共商之。通藝錄溝洫縱橫相承無奇數說。（頁 64 上）

9. 錢大昕（1728～1804）《潛研堂文集》

a. 卷四，頁 8 上（小字注），「羌」字，「西戎牧羊人也」條：

訂曰：……許書多有文立於此，例通於彼者。錢氏曉徵曰：說文木東方之
行，金西方之行，火南方之行，水北方之行，則中央可知；鹹北方味也，而酸苦辛甘皆不
言方；霸水音也，而宮商徵角皆不言某音；青東方色也，赤南方色也，白西方色也，而黑
不言北方黃地之色也，而元不言天之色也；鐘秋分之音，鼓春分之音，而不言二；至笙正月
之音，管十二月之音，而不言餘月；龍鱗蟲之長，而毛羽介蟲之長不言，皆舉一二以見例。
此文據羌字所从解云：西戎牧羊人，即可見蠻閩狄貉之皆人。……

b. 卷七，頁 12 下，「棗」字，「从木弓，弓亦聲」條：

訂曰：爾雅釋艸：樸樕含穄薁也。郭氏以樸樕含爲句，注云未詳。穄
薁也爲句，注云今江東呼穄爲薁，音敷。案此當連下穄薁爲一句，樸當爲
樸，說文樸即樸之異文，讀若穄，故與穄同訓。樕當爲棗，讀胡感切，說
文棗，木級穄實。棗與橐字形相涉而譌耳。含與孚同，說文孚，艸木之穄
未發圅然，讀若含。此三者皆穄薁之別。錢大昕說。潛研堂文集。紹蘭案……

c. 卷十，頁 11 上，「馭」字，「馬行相及也，从馬及，及亦聲，讀若爾雅曰小山
馭」條：

訂曰：……錢氏潛研堂答問有云：問小山岌大山峘，釋文有桓袁恆三
音，如用桓袁兩音，則字當从亙，如用恆音，則字當从亘，說文無岠字，

不審所从，曰予族子坫嘗引晉書地道記恆山，北行四百五十里得恆山岌，
號飛狐口，證峘即恆之譌，此證甚分明。大山宮小山即南嶽之霍山，則小
山岌大山爲北嶽之恆山審矣。是錢氏不讀小山岌三字爲句也。……

10. 邵瑛（1739～1815）《說文解字群經正字》

a. 卷五，頁22下，「曟」字，「日月合宿爲辰」條：

訂曰：……今經典凡日月所會謂之辰，皆此曟字，作辰假借，部首辰
震也，三月陽气動，靁電振民農時也，物皆生从乙，匕象芒達，厂聲也。
辰房星天時也，从二，二古文上字，義與此異。玉篇云：曟日月會也，今
作辰。集韵一遵說文，但以經典曟作辰，故云通作辰。實則日月所會，正
字當作曟也。邵瑛說。說文解字群經正字。紹蘭案……

b. 卷七，頁40上，「窏」字，「戶樞聲也，室之東南隅」條：

訂曰：……據說文室之東南隅爲窏，今經典作窔，爾雅釋宮：東南隅
謂之窔，又作突。儀禮既夕：記埽室聚諸窔，鄭注：室東南隅謂之突。按
說文無突字，窔穴部窏，窔深也，从穴交聲，義相近而不同，正字當作窏。
釋文窔本或作窏，是知古本固有作窏者，但釋文傳寫誤作窔耳，窔說文穴
部冥也，亦義相近而不同。又古人嘗言奧窔，荀子非十二子篇：奧窔之閒，
簟席之上。淮南子主術訓：責之以閨閣之禮，奧窔之間。說文宀部窏與奧
聯文，奧宛也，室之西南隅，从宀釆聲，益知經典之窔、突，正字當作窏
也。邵瑛說。說文解字群經正字。紹蘭按……

c. 卷八，頁16下，「佋」字，「从人召聲」條：

訂曰：禮家昭穆當作此佋字，徐鍇繫傳曰：說者多言晉以前，自晉文
帝名昭，故改昭穆爲佋穆，據說文則爲佋音作詔，則非晉以後改明矣。郭
忠恕佩觿曰：李祭酒涪說爲晉諱昭，改音詔，失之也。案說文自有佋穆之
字，以昭爲佋，蓋借音耳。說文日部昭，日明也，从日召聲。玉篇廣韵亦
以佋爲廟佋穆，而昭之本義止爲明爲光，與說文同。邵瑛說。群經正字。紹
蘭案……

11. 錢坫（1744～1806）《說文解字斠詮》

王紹蘭此書中僅有二例：

a. 卷六，頁25下，「酅」字，「南陽穰鄉」條：

補曰：酅下云：今南陽穰縣，前志南陽郡冠軍，故穰盧陽鄉，說文穰
縣酅鄉當即此，古字酅盧聲轉。錢坫說。

b. 卷七，頁 50 下，「宋」字，「从宀木，讀若送」條：

> 訂曰：字从宀从木，木社木也，宀屋也。白虎通：義社無屋以通天地
> 之氣，勝國之社則屋之，示與天地絕。屋者居也，此制字之義。考宋字，
> 周武以前無之，特爲此而起，亦無他訓可求。釋名：宋送也，地接淮泗而
> 東南傾，以封殷後。若云滓瀡所在送，使隨流東入海也，與許説相發明。
> 樂記：於黃帝堯舜禹後皆曰封獨於殷，曰投殷之後於宋。鄭康成云：投，
> 舉徙之辭，義與投諸四裔，投畀有北正同。當時武庚叛亾，繼殷者有不能
> 不處疏遠之勢，如箕子尚置于朝鮮，朝鮮在海東北，宋在海之東南，其方
> 不同，其例則一。凡許云讀若者，皆聲義相兼，劉熙特通其學，故與許合。
> 錢坫説。說文解字斠詮。紹蘭案……

12. 王念孫（1744～1832）《經義述聞》

a. 卷六，頁 12 下，「橐」字，「木葉摇白也」條：

> 訂曰：爾雅釋木：風欇欇。案欇欇動皃也，欇之言攝也。韓子外儲説
> 右篇曰：摇木者，一一攝其葉，則勞而不徧，左右拊其本而葉徧摇矣，攝
> 與摇皆動也。楓之言風也，廣雅曰：風動也，楓木厚葉弱枝而善動，故謂
> 之楓，又謂之欇欇。史記司馬相如傳，索隱引舍人注曰：楓爲樹厚葉弱莖，
> 天風則鳴，故曰欇欇。說文欇作橐，云楓木也，厚葉弱枝善，一名橐橐。
> 今本脱一橐字，據邢疏及韵會所引補。又曰橐木葉摇皃。是楓與欇欇皆以動名之
> 也。說文皃字，今本譌作白也二字，徐鍇曰：謂木遇風而翻見葉背，背多
> 白故曰摇白也。此不得其解而強爲之辭，段氏注亦誤，說文柖樹摇皃，與
> 此注文同一例，廣韵橐樹葉動皃，義本說文，今據改。王念孫説。經義述
> 聞。……

b. 卷十一下，頁 27 下，「圯」字，「一曰圯，窮瀆也」條：

> 訂曰：段以此圯爲無水之瀆，其誤有三：圯上圯下即橋上橋下也。橋
> 高而瀆卑，故有圯上圯下之分，若圯爲無水之瀆，則地處窪下可言圯上，
> 不可言圯下矣。下文何以言墮其履圯下乎？一誤也。水經沂水注云：沂水
> 於下邳縣北，西流分爲二水，一水逕城東屈從縣南注泗，謂之小沂水，水
> 上有橋，徐泗閒以爲圯，昔張子房遇黃石公於圯上，即此處也。是下邳之
> 橋爲沂水支流所經，故文穎曰：圯，沂水上橋也。而乃以圯爲無水之瀆，
> 二誤也。應劭言圯水之上，此是誤以圯爲今圯水縣之圯，非以爲爾雅之窮
> 瀆也。且應言圯水之上，則非無水明矣，而又以圯水爲無水之瀆，三誤也。
> 王念孫説。經義述聞。」

c. 卷十三，頁 3 上，「蠱」字，「腹中蟲也，春秋傳曰：皿蟲爲蠱，晦淫之所生也」
條：

> 訂曰：晉矦以近女而生疾，不言近女，而言近女室，於義轉迂。易林
> 鼎之復云：女室作毒，爲我心疾。則漢人所見本已與今同。案室當爲生字
> 之誤也，蓋生誤爲至又誤爲室。是謂近女爲句，生疾如蠱爲句。本文女蠱爲韵，
> 下文食志祐爲韵。傳凡言是謂者，文多用韵，若是謂鳳皇于飛，和鳴鏘鏘，有嬀之後，
> 將育于姜，是謂沈陽可以興兵之類是也。若以近女室爲句，疾如蠱爲句，則失其
> 韵矣。……段氏說文蠱字注，讀是謂近女室疾爲句，近女室非疾名，不得以近
> 女室疾連讀。如蠱爲句，尤非。王懷祖說。見經義述聞第十九。

13. 鈕樹玉（1760～1827）《說文校錄》

王紹蘭此書中僅有一例，即卷一，頁 38 上，「薔」字，「香艸也，出吳林山，從
艸姦聲」條：

> 補曰：薔經典通作蘭，鄭風溱洧、陳風澤陂，毛傳垃云：蘭蘭也。御
> 覽卷九百八十三引韓詩蘭蘭也，說文無蘭，許以薔爲正字。鈕氏非石說文
> 校錄云：鄭風秉蘭，字當同薔。引左氏昭二十二年，大蒐於昌閒，公羊作
> 昌姦，此薔與蘭同之證。紹蘭按：晉語朝無姦官，潛夫論志氏姓篇作閒官，
> 又姦與閒通之一證也。

14. 姚文田〈1761～1830〉、嚴可均〈1762～1843〉《說文校議》

a. 卷三，頁 8 上，「專」字，「六寸簿也」條：

> 訂曰：……姚嚴校議云：說文無簿字，當作六寸專也。隸俗作簿，與
> 簿形近因誤。後漢書方術傳序有挺專之術，離騷經作筵篿，即筭籌。竹部
> 筭，長六寸，計歷數者是也。……

b. 卷七，頁 52 上，「突」字，「犬從穴中暫出也，從犬在穴中，一曰滑也」條：

> 補曰：姚嚴校義云：鄭武公名滑突，見周語注，是突有滑義。

c. 卷十，頁 13 上，「猶」字，「从犬酋聲」條：

> 訂曰：韵會十一尤引作猶，云本作猷，又引徐曰今作猶，據此則猶體
> 大徐校改，而說解中犬子爲猷，則改之未盡者也。姚文田嚴可均說。說文
> 校議。……

15. 王引之（1766～1834）《周秦名字解故》、《經義述聞》

a. 卷四，頁 20 上，「雦」字，「篆文舄从隹昔」條：

> 補曰：晉韓籍字叔禽，說文雦，篆文舄从隹昔聲，雦籍古字通。左傳

成公二年，正義引世本：蒲城雓居。秦策：醫扁鵲同雓。見秦武王。史記
扁鵲傳，正義引黃帝八十一難序云：秦越人與軒轅時扁鵲相類，仍號之爲
扁鵲。莊子齊物論：瞿鵲子問乎長梧子。是古人多以鵲爲名者也。史記項
羽本紀：項籍字羽，與此同。王引之説。周秦名字解故。

b. 卷五，頁17下，「𨒋」字，「古之遒人以木鐸記詩言」條：

訂曰：夏書曰：遒人以木鐸徇于路。杜注：遒人，行人之官也，徇于
路，求歌謠之言。説文𧺆部：𨒋，古之道人以木鐸記詩言，從辵從丌丌亦
聲，讀與記同。謹案説文道人當作𨒋人，許君所據左傳作𨒋人，故於𨒋下
述之如此，猶珽字注曰：古者玉珽以玉，舜之時，西王母來獻其白珽。歔
字注曰：古者城闕其南方謂之歔，皆舉古事以著其字之所出，此言古之𨒋
人亦猶是也。若如今本説文作道人，則當述於辵部道字下，不當於丌下述
之矣。且左傳若無𨒋人之文，則此從辵從丌之字，何以知爲古之道人以木
鐸記詩言者乎。玉篇引説文已作道人，則其誤久矣。又案作𨒋者，蓋賈侍
中左傳解詁本也。其記詩言及讀與記同，則賈侍中説左傳語也。王伯申説。
紹蘭案：段氏注不誤，但不知説文道人當作𨒋人，於許説仍作道人，則不
如述聞之精覈，故以伯申所説訂之。

c. 卷十，頁4上，「駹」字，「馬面顙皆白也」條：

訂曰：爾雅釋畜曰：膝上皆白惟馵，又曰面顙皆白惟駹。案惟馵惟駹，
猶釋魚之不類不若，上一字皆詞也。白馵至駹，皆釋馬白色所在之異名也。
唯首句末句有惟字，而他句皆無，則其爲語詞明矣。膝上皆白及後左足白
者，皆謂之馵。秦風小戎，正義引郭云：馬膝上皆白爲惟馵，後左腳白者
直名馵，非也。説文駹，馬面顙皆白，但言駹而不言惟駹，是惟爲語詞也。
段氏注云：釋畜言惟駹者以別於上文旳顙白顚白達素縣，亦非。王引之説。
經義述聞。

16. 王煦（清朝人）《說文五翼》

王紹蘭此書中僅有二例：

a. 卷一，頁9上，「元」字，「從一兀」條：

補曰：王煦説文五翼云：莊子兀者，王駘兀者，叔山無趾，皆以兀爲
跀足字，是兀有月音之證。魯論小車無軏，説文作軏，云從車元聲，是元
兀同聲之證。公羊傳曰：春秋伐者爲客，伐者爲主。何休上伐字注云：讀
伐長言之，伐人者也。下伐字注云：讀伐短言之，見伐者也。準此而推，
是兀長言之爲元，元短言之爲兀，元從兀得聲無可疑者。徐鍇不識古音，

反以古本爲俗儴矣。兀下當仍補聲字，彡部髡，或體作髡，從兀從元竝聲。虫部虺亦從兀聲，垚部堯亦當從垚兀聲也。紹蘭案⋯⋯

b. 卷二，頁20下，「違」字，「讀若棹苕之棹」條：

訂曰：案棹苕之語，誠不可曉，且棹字說文不收，明係譌字。竊謂棹苕乃掉磬之誤也。鄭氏內則注云：雖有勤勞不敢掉磬。陸氏釋文隱義云：齊人以相絞訐爲掉磬，崔云：北海人謂相激事曰掉磬。是漢時舊有此語，許氏故取以相況耳。王煦說。說文五翼。紹蘭案⋯⋯

按：王煦，字汾原，號空桐，清浙江上虞人，乾隆舉人，著《說文五翼》。

17. 孔廣居（清朝人）《說文疑疑》

王紹蘭此書中僅有一例，即卷一，頁11下，「天」字，「至高無上從一大」條：

補曰：⋯⋯孔氏疑疑云：象意，許氏謂之會意。會意有三類：如武信之合體爲意者，會意之正也。其顛倒獨體之文以爲意者，謂之獨體會意。其減省獨體之文以爲意者，謂之省體會意。如倒人爲匕，化者生也，人之生多倒縣而下，故以倒人爲意。反辵爲匪，匪者不絕也，故以反絕爲意。⋯⋯凡此皆獨體之類也。又如木之省而爲爿也，以判木爲意。骨之省而爲冎也，以骨上別肉爲意。⋯⋯凡此皆省體之類也。

按：孔廣居，字千秋，號瑤山，清江蘇江陰人，著《說文疑疑》。

18. 席世昌（清朝人）《讀說文記》

王紹蘭此書中僅有二例：

a. 卷一，頁12下，「丕」字，「從一不聲」條：

補曰：席氏記云：案丕字古作不，師虎敦不顯，文武牧敦不顯休，用鼎銘，敢對揚天子不顯敬休，其他寅簋齊鎛鍾俱從不，惟齊鍾六從示，其他皆從不，据此則詩文王於乎不顯，烈文不顯，維德執競。不顯，成康皆當讀作丕，爾疋不顯，顯也。紹蘭案⋯⋯

又頁13上：

席氏云：史記丕作負，音同而借也。白虎通：諸侯曰：負子，子，民也。言憂民不復子之也。公羊傳屬負茲，禮記音義曰：天子曰不豫，諸侯曰不茲隗躃，移檄曰：庶無負子之責，子可通茲，不亦可通負，索隱非是。紹蘭謂⋯⋯

b. 卷一，頁82下，「草」字，「从艸早聲」條：

訂曰：⋯⋯席世昌曰：按說文草斗櫟實也，五經艸木字俱作草，然其

中有本當作草者，注家亦混解不分。祭統云：草艾則墨，未發秋政，則民弗敢草也。言草斗之爲物，艾老則黑，如未發秋政之時而采取之，則不可用，故民弗敢取以染也。鄭氏訓艾爲刈，訓墨爲小刑，言秋草木成可艾，艾時始行小刑，如此則古人之於薄刑，必遷延至秋時始決，豈無留獄之意乎？紹蘭按……

按：席世昌，字子侃，清江蘇常熟人，著《說文疏證》未成。歿後，同里黃廷鑑校錄其《讀說文札記》爲《讀說文記》。

19. 曹憲（隋唐人）《文字指歸》

a. 卷一，頁 70 上，「蘫」字，「从艸濫聲」條：

補曰：曹憲音藍。

b. 卷二，頁 3 上，「）（」字，「分也」條：

訂曰：……曹憲作文字指歸，其解扒字全襲許語，但未明引說文，逮孫愐作廣韵時，偶閱指歸，隨便采入，未檢說文，故云出文字指歸，此著述家常有之事，亦廣韵常有之事。……

c. 卷三，頁 35 下，「兆」字，「古文扒省」條：

訂曰：……今更有切證者，周禮釋文於大卜下，大書出三扒二字，注云：音兆，亦作兆，是唐以前舊本大卜經文原作三扒，其字正从卜从兆作扒，與）（分之）（，形聲皆異，此即說文扒字本於周官之確證，亦即文字指歸本於周官及說文之確證。而釋文云亦作兆，又即說文兆古文扒省之確證，其非竄改說文者於卜部增扒爲篆文，兆爲古文甚明，其不能混卜部之兆爲八部之）（更甚明矣。……

按：曹憲，隋朝至唐初人，精於小學，著有《文字指歸》一書。大業年間，隋煬帝令曹憲與諸儒撰《桂苑珠叢》一百卷，時人稱其淵博。又唐太宗讀書遇到奇難字，即派使者向曹憲叩問，曹憲俱爲音注，訓釋明晰，受到太宗稱賞。所撰《文選音義》，甚爲當時所重。

20. 陳藏器（唐朝人）《本艸拾遺》

王紹蘭此書中僅有二例：

a. 卷一，頁 53 上，「蒲」字，「夫渠根」條：

訂曰：……天官醢人：昌本麋臡，鄭注云：昌本，昌蒲根也，以根釋本，通言之爾，故公食大夫禮：醢〔註29〕醓昌本，注云：昌本，昌蒲本，菹也。仍以本釋本，

〔註29〕按此醢字當作醓字，因儀禮公食大夫禮作醢醓昌本。

以其根臭不可充豆實也。以昌蒲實朝事之豆，而取其本，明亦刊去其根。本艸

云：昌蒲根大而臭，陳藏器說。是昌本舉其偏，昌蒲根舉其全，證二。……

b. 卷一，頁59上，「蘬」字，「艸也，从艸過聲」條：

補曰：陳藏器本艸拾遺云：白苣如萵苣，葉有白毛，萵苣冷，微毒，

紫色者，入燒鍊，藥用，餘功同白苣也。蘬正字，萵俗省，單評蘬，紊呼

蘬苣。

按：陳藏器，唐朝人，著《本艸拾遺》十卷。宋仁宗嘉祐二年，掌禹錫、林

億、張洞、蘇頌等人奉敕增訂《神農本艸經》，事成後名之曰《嘉祐補注

本草》，其爲所引之書作傳曰：「唐開元中，京兆府三原縣尉，陳藏器撰。

《神農本艸經》雖有陶〈梁・陶隱居〉、蘇〈唐・蘇恭，一名蘇敬〉補集

諸說，而遺逸尙多，故別爲序例一卷，《拾遺》六卷，《解紛》三卷，總

曰《本艸拾遺》，共十卷。」

21. 《眾經音義》

a. 卷一，頁38上，「茖」字，「艸也，从艸各聲」條：

補曰：爾雅釋艸：茖，山蔥。眾經音義卷八引爾雅舊注云：茖，一名

山蔥，并州以北多饒，茖，蔥也。……

b. 卷四，頁21上，「敥」字，「讀若爓」條：

補曰：精神訓：敥與燿韻，許讀若爓者，說文炎部燅，於湯中爓肉。

眾經音義卷四引作淪肉，爓淪皆从侖聲，皆鬻字之借字。彌部鬻，內肉及

菜湯中薄出之，从彌翟聲。既夕禮記：菅筲三，其實皆淪。鄭注：米麥皆

湛之湯，淪即鬻也。呂氏春秋期賢篇：今夫爓蟬者，務在乎明其火。荀子

致士篇作燿蟬，皆侖翟聲同之證。故敥讀若爓，淮南與燿爲韻矣。

c. 卷八，頁31上，「歁」字，「悲意，从欠嗇聲」條：

訂曰：案眾經音義卷十引公羊傳：歁然而駭，又引通俗文：小怖曰歁，

又引埤蒼：歁，恐懼也。集韵二十四職亦云：歁，恐懼也。春秋傳：歁然

而駭，今謂許氏解歁爲悲意，與眾家所說怖懼不同，亦非公羊歁然而駭之

義。……

22. 《釋文》

a. 卷一，頁12下，「丕」字，「從一不聲」條：

補曰：……紹蘭案：不顯不承，孟子滕文公篇作丕顯丕承，周書金縢

是有丕子之責于天，孔疏引鄭注云：丕讀曰不，愛子孫曰子元孫遇疾，若

汝不救，是將有不愛子孫之過，爲天所責，欲使爲之請命也。是鄭以丕子爲不慈。陸德明釋文：丕鄭音不，與孔疏同。史記魯周公世家作負子，司馬貞索隱云：尚書負爲丕，今此作負者，謂三王負上天之責，故我當代之。鄭元曰丕讀曰負，是司馬貞所見鄭注與孔陸異。……

b. 卷一，頁 66 下，「薙」字，「除艸也」條：

訂曰：……玉篇薙，周禮薙氏掌殺艸。是又六朝以前舊本周官作薙不作雉之明證。惟釋文於薙氏下云：字或作雉。言或者明非正本，則說文薙字本諸周官解爲除艸，無可疑也。……

c. 卷四，頁 17 上，「烏」字，「孔子曰：烏，盱呼也」條：

訂曰：……論語八佾篇，子曰：嗚呼。釋文云：或作烏呼，此舊本也。烏呼即下文許所謂助气者。

23. 《字書》、《字林》、《字統》、《埤蒼》、《文字音義》等

卷二，頁 3 上（小字注），「𣲏」字，「分也」條中，四引《字書》、二十四引《字林》、七引《字統》、四引《埤蒼》、八引《文字音義》，今略舉例說明如下：

訂曰：……曹憲作文字指歸，其解𣲏字全襲許語，但未明引說文，逮孫愐作廣韵時，偶閱指歸，隨便采入，未檢說文，故云出文字指歸，此著述家常有之事，亦廣韵常有之事。今擇其引說文以後之書，文與許同，不偁說文者，如：䖵，龜名，引字書；烘，燎也，引字林；猗，犗犬，出字林；羠，犍羊也，引廣雅；阺，秦謂陵阪爲阺也，引字統；芫，遠荒，引埤蒼；鏊，微畫也，引字統；囗，回也，象圍帀之形也，引文字音義；虍，虎文也，引字林；言，直言曰言，荅難曰語，引字林；……詳考其文，或引它書，或云出某書，而不引說文者，計六十四字，其稍異者尚不在此數，豈得據此遂謂說文無䖵、烘、猗、羠、阺、芫、鏊、囗、虍、言……等字乎？……

24. 《六書故》

王紹蘭此書中僅有二例：

a. 卷四，頁 16 上，「烏」字，「象形」條：

補曰：六書故云：烏者，象其飛，烏黑不辨其目，故視鳥而殺之，殺謂減其目也，段說本此。吳氏理董云：鳥烏俱象形，形無分別。烏之象形，蓋象古文𪇰也，此篆但从𪇰而去其·，以識其別。

b. 卷五，頁 7 上，「箇」字，「竹枚也，从竹固聲」條和「个」字，「箇或作个，半竹也」條：

訂曰：……至元戴侗六書故，則又引唐本說文曰：箇，竹枝也，二徐本皆作竹枚也，案方言箇枚也，說文本於方言，不當改枚爲枝，偏考書傳無以箇爲竹枝者，蓋作僞者欲彌縫半竹之說，故改枚爲枝，以說文支字注云：去竹之枝，從又持半竹故也。今或作个，半竹也。案說文凡有重文皆注云某或從某，如果有个字爲箇重文，則當云箇或作半竹，乃合全書之例。今戴氏所引唐本說文，則云今或作个，半竹也。細審其文，乃後人私記於箇字注末，自道其當時有此字，而又臆爲之說耳。故不直曰或作，而曰今或作，今者當時之詞也；不曰箇或作半竹，而曰半竹也，臆度之詞也。通考說文全書，無此文義，其出後人私記無疑。……

25.《六書正譌》

王紹蘭此書中僅有二例：

a. 卷三，頁4上，「廾」字，「竦手也，從𠂇𠄌，凡廾之屬皆從廾」條和「手」字，「揚雄說𠬞從兩手」條：

訂曰：段說非也。手部𦔮，重文𦴳，揚雄說拜從兩手，下是𦴳字，左從屮，右上從屮，下從丅，揚雄說爲𦔮。六書正譌作𢩼，即其意字當作𦴳，𢪙則左右皆從屮，揚雄說爲𠬞，此拜𢪙二字，其形與音義皆迥殊，何得云此以古文𦔮爲𠬞也。……

b. 卷七，頁39下，「家」字，「從宀，豭省聲」條：

訂曰：周伯溫六書正譌云：豕居之圈曰家，後人借爲室。家字，段說本此，然非許氏諧聲之恉也。古文家作𡧚，𥏖即脩豪獸之𥏖，讀若弟者，於聲亦不諧。……

26.《大徐本－說文解字》

a. 卷一，頁69下，「薙」字，「從艸雉聲」條：

訂曰：……玉篇薙引周禮又釋之曰：謂以鉤鎌迫地芟之，與許鄭之義竝合。廣韻十二霽，薙除艸，雖夫明引說文，而解則本許氏。類篇薙下云：說文除艸也，引明堂月令季夏燒薙。集韻十二霽，薙下云：說文除艸也，引明堂月令季夏燒薙，皆全引說文。宋刊大徐本，宋鈔小徐本，與今本竝同。段謂說文本無薙字，爲淺人所羼入，則又不知其所據無薙字之本，究屬何本說文，甚矣其謬也。

b. 卷二，頁24上，「蹭」字，「從足音聲」條：

補曰：小徐本作從足啻聲，段據大徐本爲說耳。

c. 卷十二，頁 17 下，「戉」字，「周ᚵ杖黃戉，ᚵ把白旄」條：

訂曰：繫傳本作白旄，韵會引同，與周書坶誓正合。段氏不從小徐作旄，乃從大徐作叚借之髦，非也。周尚赤，不杖赤戉而杖黃戉，黃者中央正色，又火生土，因取所生之色以表異之。

27. 《小徐本——說文繫傳》

a. 卷五，頁 26 下，「曟」字，「从晶辰，辰亦聲」條：

訂曰：玉篇一書多用說文，曟下云：時眞切，日月會也，今作辰。是希馮所見六朝以前舊本說文作辰亦聲也。大徐本作植鄰切，小徐本作石倫切，臣鍇曰：春秋左傳曰，日月所會謂之辰。今借辰字，會意。是二徐本並作辰亦聲，不作會亦聲也。……

b. 卷七，頁 13 下，「棗」字，「凡棗之屬皆從棗」條：

補曰：據炙部籀文作㹈，知此棗是籀文也。小徐本作从棗闕，蓋闕其聲。

c. 卷十四，頁 5 上，「釶」字，「釶圜也」條：

訂曰：繫傳本作釶，釶圜也，類篇、集韵引說文並作釶圜，今據以更正。玉篇釶，削也；廣韵釶，刓也，去角也。然則釶圜者刓、削，方器去其棱角而爲圜也。鼎臣本誤釶作呧，段氏不加訂正，訓呧爲動，又轉爲變化，其失也，疏而迂矣。

28. 《玉篇》

a. 卷二，頁 13 上，「喝」字，「古文唐从口易」條：

補曰：淮南子本經訓：元元至碭而運照。高注：碭大也。石部碭，文石也，無大義，此假碭爲喝也。玉篇口部唐，重文作喝，云古文義本此。

b. 卷三，頁 37 下，「猚」字，「从隹犬聲」條：

補曰：玉篇：五佳切，古音近獲。

c. 卷六，頁 8 上，「橏」字，「以其皮裹松脂」條：

訂曰：玉篇木部：樺木皮可以爲燭，謂此也。吳西林曰：今以樺皮裹松脂爲燭，名樺燭，今海東小國猶作之。解中松脂下似當有爲燭二字，否則詞未完。說文理董。

29. 《類篇》、《集韻》

a. 卷一，頁 69 下，「蒩」字，「从艸雄聲」條：

訂曰：……類篇蒩下云：說文除艸也，引明堂月令季夏燒蒩。集韵十

二霽，蕹下云：説文除艸也，引明堂月令季夏燒蕹，皆全引説文。宋刊大徐本，宋鈔小徐本，與今本竝同。段謂説文本無蕹字，爲淺人所羼入，則又不知其所據無蕹字之本，究屬何本説文，甚矣其謬也。

b. 卷三，頁36上，「兆」字，「古文㸵省」條：

訂曰：……丁度集韵、溫公類篇，世所傳者，正文注文皆用今體書，其引説文自應作㸵)((，不作㸵)((。至大小徐則篆文皆作㸵，古文皆作)((，其書具在，可覆視也。段謂二徐作)((，不亦誣乎！……

c. 卷四，頁9上，「羌」字，「从儿从羊，羊亦聲」條：

訂曰：从儿从羊，宋刻大徐本及今大小徐本皆如此，廣韻引同，集韻、類篇皆作从儿。段氏最信韻會，今韻會亦作从儿从羊，足徵舊本皆然。段何所據而改爲从羊儿，蓋因風俗通云：羌字从羊人，故有此改。然彼乃應仲遠所自説，竝未明引説文，不能定許書必同彼説，當依各舊本爲是。……

30.《廣韻》

a. 卷二，頁4下，「)((」字，「分也」條：

訂曰：……今即以廣韵引指歸者證之，二十七刪，攤貫也，又音患，出文字指歸。考之説文，攤貫也，其文正合，豈亦可云説文無攤字乎！……

b. 卷二，頁13下，「吟」字，「呻也」條：

補曰：廣韵二十一侵引呻也作呻吟也，吟字當補。姚嚴校義曰：呻當作歖，藝文類聚卷十九、御覽卷三百九十二引作歖也。欠部歖，吟也，轉相訓。

c. 卷三，頁2下，「辛」字，「凡辛之屬皆从辛，讀若愆」條：

補曰：心部愆過也，過小而辠大，則辠重而愆輕，故張林云讀若，非謂辠即愆也。廣韵以辠爲古文愆，誤矣。

31.《韵會》

a. 卷一，頁5下，「一」字，「凡一之屬皆從一」條：

補曰：……米赤心木，松栢屬，從木，一在其中，一者記其心。下五字據韻會引補。……

b. 卷四，頁9上，「羌」字，「从儿从羊，羊亦聲」條：

訂曰：从儿从羊，宋刻大徐本及今大小徐本皆如此，廣韻引同，集韻、類篇皆作从儿。段氏最信韻會，今韻會亦作从儿从羊，足徵舊本皆然。……

c. 卷七，頁 37 上，「秦」字，「从禾舂省」條：

> 訂曰：韵會引舂省，下有聲字，是許謂秦之字爲形聲兼會意，非謂因地宜禾説字形，所以从禾从舂也。……

32. 《廣雅》

a. 卷一，頁 58 上，「薰」字，「艸也，从艸羃聲」條：

> 補曰：弟部羃，周人謂兄曰羃，即昆也。从艸作薰，即莔也。玉篇薰，香艸，莔同上。楚辭七諫：莔蕗雜於黀蒸兮，王逸注云：言持香直之艸雜於黀蒸，燒而然之，則不識於物也。廣雅：莔蓄也。

b. 卷一，頁 60 下，「莢」字，「艸實」條：

> 補曰：……廣雅釋艸：豆角謂之莢。王氏疏證云：莢之言夾也，兩芻相夾，豆在其中也，豆莢長而嵩銳如角然，故又名豆角，豆角今通語耳。……

c. 卷五，頁 3 下，「箇」字，「竹枚也，从竹固聲」條和「个」字，「箇或作个，半竹也」條：

> 訂曰：……襄八年左傳：亦不使一个行李告于寡君，杜注曰：一个，獨使也。昭二十八年傳：君亦不使一个辱在寡人，注曰：一个，單使。釋文竝曰：个，古賀反。案个即介字，方言介，特也。廣雅介，特獨也。昭十四年傳：收介特，注曰：介特，單身民也。是介字訓獨、訓單，傳文是一介，故注曰獨使曰單使也。……

33. 《廣雅疏證》

a. 卷一，頁 60 下，「莢」字，「艸實」條：

> 補曰：……廣雅釋艸：豆角謂之莢。王氏疏證云：莢之言夾也，兩芻相夾，豆在其中也，豆莢長而嵩銳如角然，故又名豆角，豆角今通語耳。……

b. 卷三，頁 9 上，「斁」字，「一曰終也」條：

> 補曰：莊氏寶琛曰：周書梓材，若作室家，既勤垣墉，惟其塗墍茨。若作梓材，既勤樸斲，惟其塗丹臒。正義云：二文皆言斁，即古塗字。賈昌朝群經音辨：斁，塗也，音徒，引書惟其斁墍茨。集韻、類篇引書斁丹臒，又和斁先後迷民，用斁先王受命。釋文云：懌字又作斁，下同。據此知古文尚書塗與懌皆作斁，斁墍茨、斁丹臒、用斁先王受命，此三斁字皆當訓爲終。……其和斁先後迷民之斁，則當訓爲悦，作僞傳者，并下句斁字亦訓爲悦，失之矣。見王氏廣雅疏證。紹蘭案：莊説是也，惟謂和斁先後迷民之斁，當訓爲悦，則未然。……

c. 卷七，頁46下，「㝉」字，「貧病也」條：

> 訂曰：貧之病與引詩煢煢在㝉不合，周頌閔予小子是成王所作，云在㝉則非貧也，蓋此文當作貧也、病也二義。王氏懷祖曰：大雅召閔篇：維昔之富不如時，維今之疢不如茲。釋文：疢字或作㝉，㝉與富對，是㝉爲貧也。廣雅疏證。紹蘭謂：閔予小子篇：嬛嬛在疢，毛傳云：疢，病也。釋文：疢本又作㝉，是㝉爲病也。

34. 《釋名》

a. 卷四，頁29上，「腎」字，「水臟也」條：

> 補曰：……釋名曰：腎，引也。腎屬水，主引水氣，灌注諸脈也。素問曰……

b. 卷四，頁34上，「肺」字，「金臟也」條：

> 訂曰：……劉熙曰：肺，勃也。言其氣勃鬱也。釋名劉以肝屬木，則以肺屬金可知。此皆從今文說者也。……

c. 卷七，頁37下，「秦」字，「一曰秦禾名」條：

> 補曰：釋名：秦，津也，其地沃衍有津潤。秦津疊韵，其地津潤而穀宜。禾名，其禾曰秦，因之亭曰秦亭，谷曰秦谷，國曰秦國，皆由此秦禾而起矣。

35. 《古文四聲韻》

a. 卷四，頁14下，「鷄」字，「鳥也」條：

> 補曰：……汗簡引尚書作𪁶，古文四聲韻引古尚書作𪁶，此皆古文从鳥之鷄。

b. 卷四，頁15上，「難」字，「鷁或从隹」條：

> 補曰：難乃鳥名，易乃虫名，但借其音以識人語難易之名。吳穎芳說。

> 說文理董。紹蘭案：古文四聲韻引籀韻作𪅀，與此略同。

c. 卷五，頁9下，「箇」字，「竹枚也，从竹固聲」條和「个」字，「箇或作个，半竹也」條：

> 訂曰：……案夏竦古文四聲韻，去聲箇第三十八引籀韻个字作　　，此晁氏所謂籀文也。籀韻之書多以譌文爲古體，是書之字，郭忠恕汗簡所不收，至夏竦始采入古文四聲韻，其字多譌謬難解，如以飽爲飢，以旹爲春，以𦋅爲綱，以𩧈爲駢，以寰爲響，以𣃔爲鼎之類，皆隸體譌誤之甚者。不可盡信。……

36. 《汗簡》

a. 卷四，頁 14 下，「鶏」字，「鳥也」條：

> 補曰：……汗簡引尚書作鶏，古文四聲韻引古尚書作鶏，此皆古文
> 从鳥之鶏。

b. 卷四，頁 15 上，「鶏」字，「古文鶏」條：

> 補曰：小徐本無此字，據古文四聲韻引說文作鶏，明當有此古文，汗
> 簡作鶏。

c. 卷五，頁 9 下（小字注），「箇」字，「竹枚也，从竹固聲」條和「个」字，「箇
> 或作个，半竹也」條：

> 訂曰：……案夏竦古文四聲韻，去聲箇第三十八引籀韻个字作ホ，
> 此晁氏所謂籀文也。籀韻之書多以譌文爲古體，是書之字，郭忠恕汗簡所不收，
> 至夏竦始采入古文四聲韻，其字多譌謬難解，如以飭爲飢，以皆爲春，以罔爲網，以毄爲
> 騑，以賨爲響，以斳爲鼎之類，皆隸體譌誤之甚者。不可盡信。……

37. 《干祿字書》

王紹蘭此書中僅有二例：

a. 卷五，頁 2 下，「箇」字，「竹枚也，从竹固聲」條和「个」字，「箇或作个，
半竹也」條：

> 訂曰：案說文介，畫也，從人從八，一曰助也。古者主有擯，客有介，
> 今本譌脫，只存人各有介四字，茲從韻會所引。隸書作干，干祿字書竝列ホ介二體，
> 云上通下正是也，或省作个。漢祝睦後碑……

b. 卷五，頁 12 下（小字注），「管」字，「如篪，六孔，十二月之音，物開地牙故
謂之管」條：

> 訂曰：開當爲關字之誤也，關之言貫，關地即貫地。風俗通云：物貫
> 地而牙故謂之管，正與許同義。淮南子道應訓：東開鴻濛之光，王懷祖雜
> 志曰：開當爲關，關字俗書作開，干祿字書曰開關上俗下正。開字俗書作開，
> 二形相似，故關誤爲開。……

38. 《周禮疑義舉要》

王紹蘭此書中僅有一例，即卷二，頁 25 上，「蹲」字，「踞也，从足尊聲　踞，
蹲也，从足居聲」條：

> 訂曰：改踞爲居，刪踞篆是也，蹲在足部，居在尸部，非建類一首之
> 例，不得謂之轉注。左氏成十六年傳：蹲甲而射之，徹七札焉。蹲乃傳之

假借，傳字解云：聚也，謂聚甲而射之。江氏永曰：甲續札爲之節，節相
續則一札，而表裡有兩重，不甚堅者，續欲密札，稍短而多，堅則可稍長
而少也。如第一札之半，第二札續之，第二札之半，第三札續之，則第三
札之上端，當第一札之盡處，故一札有兩重，養由基蹲甲而射之，穿七札，
蓋一札左右疊之，凡四重，札有八重，而鏃穿其七也。周禮疑義舉要。如江
所說，明是疊聚其甲，故杜注云：蹲，聚也。今若言蹲居其甲而射之，則
不可通矣，段說非是。

39. 《史記》

a. 卷一，頁12上，「丕」字，「大也」條：

補曰：夏書禹貢：三苗丕敘，史記夏本紀作三苗大敘。周書大誥：天
明畏弼我丕丕基，漢書翟方進傳，王莽依周書作大誥云：天明威輔漢始而
大大矣。理董云：一，上也。不字解云：鳥飛上翔不下來也。一猶天也，
不而覆一是爲丕冒，故大也。

b. 卷二，頁15上，「否」字，「不也」條：

訂曰：……史記太史公自序：唯唯否否，不然。既云否否，又云不然，
可爲孟子否不然也之證。……

c. 卷六，頁31上，「邨」字，「地名，从邑屯聲」條：

補曰：史記孔子世家：孔子遂行，宿於屯。集解駰案：屯在魯之南也。
按屯即邨之省文，故許以邨爲地名，今以爲鄉邨之邨。通志氏族略引風俗
通：屯氏，新鄭人，揚夲邨在縣西二十五里，是漢時已有此偁矣。

40. 《漢書》

a. 卷一，頁8上，「元」字，「始也」條：

補曰：……漢書律歷志：太極元氣函三爲一，元者，始也。孟康曰：
元氣始起於子未分之時，天地人混合爲一，故子數獨一也。……

b. 卷二，頁10下，「犂」字，「經典省作犂。耕也」條：

訂曰：……釋名：犂，利也，利發土絕艸根也。漢書食貨志：以趙過
爲搜粟都尉，過能爲代田用耦犂，二牛三人。齊民要術耕田篇……

c. 卷四，頁5下，「羝」字，「牡羊也」條：

補曰：……漢書蘇武傳：匈奴徙武北海上無人處，使牧羝，羝乳乃得
歸。注者曰：羝，牡羊，不當產乳，故設此言示絕其事。詩大雅……

41. 《後漢書》

a. 卷一，頁 38 下，「荅」字，「艸也，从艸各聲」條：

> 補曰：……後漢書馬融傳云：格，韭菹。于注亦引爾雅荅山蔥，格即荅之借字。許氏不言菜，而云艸者，以其是山蔥而非蔥也，不次於蔥篆後者，荅从艸，蔥則大篆从韭也。

b. 卷四，頁 11 上，「羌」字，「夷俗仁，仁者壽」條：

> 補曰：……後漢書東夷列傳曰：王制云：東方曰夷，夷者柢也。言仁而好生，笡物柢地而出，朝鮮即東夷，東方仁主生，故許云：夷俗仁，仁者壽，下又稱不夗之國爲之證也。

c. 卷六，頁 13 上，「構」字，「蓋也」條：

> 補曰：……後漢書班固傳：正殿崔嵬，層構厭高。文選魯靈光殿賦：觀其結構，注引高誘呂氏春秋注曰：結，交也。構，架也。今呂書無結構字，亦無此注，蓋佚之矣。玉篇構，架屋也。

42. 《淮南子》

a. 卷一，頁 62 下，「蕑」字，「藍蓼秀」條：

> 補曰：……淮南子詮言訓：蓼菜成行，高注：蓼菜小，皆有行列也。是蓼秀爲蕑之證。

b. 卷二，頁 13 上，「喝」字，「古文唐从口易」條：

> 補曰：淮南子本經訓：元元至碭而運照。高注：碭大也。石部碭，文石也，無大義，此假碭爲喝也。玉篇口部唐，重文作喝，云古文義本此。

c. 卷四，頁 20 下，「敫」字，「光景流也」條：

> 補曰：淮南子精神訓：如光之燿，如景之敫。今本敫譌放。讀書雜志云：劉績依文子九守篇改放爲效。案劉改是也，如景之效，謂如景之效形也，效與燿爲韻，若作放則失其韻矣。紹蘭按：放當爲敫字之壞也。……

43. 《老子》

王紹蘭此書中僅有一例，即卷一，頁 3 下，「一」字，「化生笡物韻會引作生」條：

> 補曰：……老子道化篇：道生一，一生二，二生三，三生笡物。呂氏春秋大樂篇：大一出兩儀，兩儀出陰陽，高注云：出，生也。陰陽變化，一上一下，合而成章。又曰：天地車輪，終則復始，笡物所出，造於大一，化於陰陽。淮南子原道訓：……

44. 《莊子》

a. 卷二，頁 13 上，「唐」字，「大言也」條：

補曰：莊子天下篇：荒唐之言，釋文：荒唐謂廣大無域畔者也。此唐
之本義也，引伸之，凡大皆曰唐。白虎通號篇：唐蕩蕩也，蕩蕩者，道德
至大之貌也。

b. 卷五，頁12下，「管」字，「如箎，六孔，十二月之音，物開地牙故謂之管」
條：

訂曰：開當爲關字之誤也，關之言貫，關地即貫地。風俗通云：物貫
地而牙故謂之管，正與許同義。淮南子道應訓：東開鴻濛之光，王懷祖雜
志曰：開當爲關，關字俗書作開，干祿字書曰開關上俗下正。閞字俗書作開，
二形相似，故關誤爲閞。莊子秋水篇：今吾無所開吾喙，釋文：開本亦作
關。楚策：大關天下之匈，今本關誤作開。漢書西南夷傳：……

c. 卷六，頁8上，「樗」字，「从木雩聲，讀若華」條：

訂曰：莊子讓王篇：原憲華冠，釋文：華冠，以華木皮爲冠。雩聲若
華，故諸書多以華爲樗。

45. 《荀子》

a. 卷二，頁11下，「周」字，「密也」條：

補曰：……荀子正論篇：主道利周，賦篇：居則周靜致下，楊注竝云：
周，密也。管子入國篇說：主周云人主不可不周，尹注：周，謹密也。今
案：……

b. 卷三，頁1下，「誕」字，「詞誕也」條：

訂曰：……荀子脩身篇：易言曰誕。說苑尊賢篇：口銳者多誕而寡信，
皆本義也。

c. 卷十三，頁2上，「緐」字，「枲履也」條：

補曰：荀子正論篇說：象刑云：菲對屨，楊倞注云：菲，艸屨也，對
當爲緐，傳寫誤耳。緐，枲也，愼子作緐，言罪人或菲或枲爲屨，故曰菲
緐屨。又引愼子曰：有虞氏之誅，以畫跪當黥，以艸纓當劓，以履緐當刖，
以艾畢當宮，然則許解緐爲枲履，其說蓋本愼子。

46. 《韓非子》

a. 卷四，頁24上，「體」字，「總十二屬也」條：

訂曰：案段注似未知許說所本也，二當爲三。韓子解老篇：人之身三
百六十節，四肢九竅，其大具也。四肢與九竅，十有三者。十有三者之動
靜，盡屬於生焉；屬之謂徒也。故曰生之徒也，十有三。至其死也，十有

三具者，皆還而屬之於死，死之徒亦十有三。故曰生之徒，十有三；死之
徒，十有三。韓非說止此。然則屬之謂徒，以其屬於生屬於死，計其屬則十
有三，謂四肢九竅也。總括人身全體而無不具，故許氏云：體，總十三屬
也。此據老子韓非爲說，異於鄉壁虛造者矣。

b. 卷四，頁 46 下，「觿」字，「環之有舌者」條：

　　訂曰：……厶部引韓非曰：自營爲厶，韓子五蠹篇作自環者謂之私。
檀弓太公封于營业，疏引釋业云：水出其前，而左曰營业……

c. 卷六，頁 23 上，「榜」字，「所以輔弓弩也」條：

　　訂曰：榜字不見於經，而傳則有之。韓非子外儲說右篇曰：榜檠矯直，
又曰榜檠者，所以矯不直也，又曰皆不能用其榜檠，是周時作弓弩者，有
此榜檠之器。許氏用其文，故榜檠二傳相次，解檠爲榜，解榜爲所以輔弓
弩，正與榜檠所以矯不直之義相足，知許說本韓非也。段不之引，而云未
見此義，又以引申之籩榜，假借之榜人說之，疏矣。

47. 《管子》

a. 卷二，頁 11 下，「唉」字，「應也」條：

　　補曰：管子桓公問篇：禹立諫鼓於朝而備訊唉。此唉，應之正字也。
訊爲問，明唉爲應，尹注以唉爲驚問，失之。

b. 卷二，頁 12 上，「周」字，「从用口」條：

　　補曰：管子樞言篇：周者不出于口，不見于色，一龍一蛇，一日五化
之謂周。此周从用口，其解爲密之義，不出于口，不見于色，是其密也；
一龍一蛇，一日五化，是其用也。

c. 卷十，頁 25 下，「憕」字，「平也，从心登聲」條：

　　補曰：管子輕重乙篇：桓公問於管子曰：衡有數乎？管子對曰：衡無
數也。衡者使物一高一下，不得常調。桓公曰：然則衡數不可調邪？管子
對曰：不可調，調則憕。今本誤作澄。憕則常，常則高下不貳，高下不貳則
筦物不可得，而使調是其義也。據說文以證管子，可知澄當爲憕；據管子
以證說文，可知憕解爲平矣。

48. 《列子》

　　王紹蘭此書中僅有一例，即卷二，頁 16 下，「𦥢」字，「機下足所履者繫傳本者
下有疾字」條：

　　補曰：列子湯問篇：紀昌者又學射於飛衛，飛衛曰：爾先學不瞬，而

後可言射矣。紀昌歸，偃臥其妻之機下，以目承牽挺。二年之後，雖錐末
倒，眥而不瞬也。張湛注云：牽挺，機躡。紹蘭謹案：挺當爲𤕝字之誤，……

49. 《墨子》

a. 卷三，頁11下，「攸」字，「行水也」條：

訂曰：……墨子備穴篇：禽子問古人有善攻者，穴土而入，縛柱施火
以壞吾城？墨子答以持水者必以布麻斗革盆散裕，畢氏校注云：說文裕，衣物
饒也。言散衣物。新布長六尺，必以大繩爲箭。水瓿容三石以上，大小相雜，
盆蠡各二云云。其所謂革盆，猶傳之鬱攸；其所謂布麻散裕新布，猶傳之
帷幕。……

b. 卷八，頁27上，「襑」字，「衣正幅，从衣𡩡聲」條：

補曰：墨子非儒下篇：取妻身迎，袛襑爲僕，秉轡授綏，如仰嚴親。
案袛襑爲僕，謂敬而端冕親迎。授綏，御輪也。此襑之正字。……

c. 卷十，頁32下，「戀」字，「愚也」條：

訂曰：戀與愚，建類一首，同意相受，此正六書之轉注也，不得謂之
互訓。墨子非儒下篇：以爲實在，則戀愚甚矣。此墨子自解戀爲愚也，許
義本此。

50. 《晏子春秋》

王紹蘭此書中僅有一例，即卷七，頁55下，「常」字，「下帬也」條：

補曰：晏子春秋內篇有柏常騫，名騫字柏常也。騫即微褰，與繻褰裳
涉溱之褰。褰下云：絝也。絝下云：脛衣也。柏即伯仲之伯，皆叚借字。
莊子柏作伯，即其證。古人名字相應，故名褰字伯常，此下帬之常，正字
正義，藉以不廢者，漢𣪘阮君神祠碑：陰有楊常子騫，則名常字，子騫亦
叚騫爲褰也。

51. 《呂氏春秋》

a. 卷一，頁3下，「一」字，「化生𥫣物韻會引作生」條：

補曰：……老子道化篇：道生一，一生二，二生三，三生萬物。呂氏
春秋大樂篇：大一出兩儀，兩儀出陰陽，高注云：出，生也。陰陽變化，一
上一下，合而成章。又曰：天地車輪，終則復始，萬物所出，造於大一，
化於陰陽。淮南子原道訓：道者，一立而萬物生矣。……

b. 卷三，頁37上，「雅」字，「鳥也」條：

補曰：呂氏春秋本味篇：雟雟之炙，高誘注：雟雟，鳥名，其形未聞。

畢氏校證曰：舊校曰玃一作獲。今案南山經：青业之山有鳥焉，其狀如鳩，其音若呵，名曰灌灌。郭注：或作濩濩。則此玃當作灌，獲亦當作濩。若玃從豸，則是獸名，今注云鳥名，則當如山海經所說也。紹蘭案：雅爲正字，獲濩皆假借也，以形近又轉爲玃灌。許所見山海經、呂氏春秋作雅字，雅即青业之鳥，狀如鳩，音若呵者，重呼之則曰雅雅猶燕亦稱燕燕矣。

c. 卷四，頁23下，「殯」字，「屍在棺，將遷葬柩，賓遇之」條：

訂曰：……呂氏春秋義賞篇：氐羌之民，其虜也，不憂其係纍，而憂其屍不焚也。離謂篇：富人有溺者，人得其屍者。又期賢篇：扶傷輿屍皆是也，淮南子兵略訓同。

52. 《戰國策》

a. 卷五，頁12下，「管」字，「如篪，六孔，十二月之音，物開地牙故謂之管」條：

訂曰：……莊子秋水篇：今吾無所開吾喙，釋文：開本亦作關。楚策：大關天下之匈，今本關誤作開。漢書西南夷傳：……

b. 卷九，頁9上，「頟」字，「頭䫜頟也」條：

補曰：齊策：太子相不仁，過頤豕，視若是者信反。黃氏丕烈戰國策札記云：吳氏補曰：呂氏春秋過顑涿視注，顑次，不仁之人，其說未詳。丕烈案：吳氏讀呂氏春秋誤也。高彼注云：過，甚也。太子不仁甚於顑涿涿，視如此者倍也，不循道理也。讀次句絕，視下屬此文，亦當同信，即倍字譌。太平御覽引此作背，是其證也。呂氏春秋知士篇：……

c. 卷十二，頁14下，「扮」字，「握也，从手分聲，讀若粉」條：

補曰：魏策：又身自醜於秦扮之，注云：扮，握也。管子立政篇：歲雖凶，早有所粉穫。禾部無粉字，蓋扮之譌，扮穫謂握禾而穫也。聘禮記：……

53. 《法言》

王紹蘭此書中僅有一例，即卷三，頁1上，「讘」字，「匹也，从言頻聲」條：

補曰：法言學行篇：頻頻之黨，甚於鷃斯。李軌等注云：鷃斯，群行啄穀，喻人黨比游晏。今案小雅小弁篇：……

54. 《說苑》

王紹蘭此書中僅有二例：

a. 卷一，頁37上，「葵」字，「菜也，从艸癸聲」條：

補曰：……說苑辨物篇：靈龜，四趾轉運應四時，謂其應時舒斂其足，以爲衛也，是蔡能衛足矣。……

b. 卷三，頁1下，「誕」字，「詞誕也」條：

訂曰：……荀子脩身篇：易言曰誕。說苑尊賢篇：口銳者多誕而寡信，皆本義也。

55.《方言》

a. 卷二，頁20下，「逴」字，「一曰蹇也」條：

補曰：足部蹇，跛也。方言：自關而西，秦晉之閒，凡蹇者或謂之逴，郭注：行略逴也。體而偏長短亦謂之逴。

b. 卷五，頁10上，「箇」字，「竹枚也，從竹固聲」和「个」字，「箇或作个，半竹也」條：

訂曰：……案單行本索隱引釋名曰：竹曰箇，木曰枚。又引方言曰：箇枚也。又云：儀禮、禮記字爲个。箇个古今字也。是儀禮、禮記作个，而釋名與方言則作箇。俗本史記誤以索隱爲正義，又改竹曰箇之箇爲个耳，未可據此以證半竹之爲个也。……

c. 卷九，頁14上，「卸」字，「舍車解馬也，從卪止，午聲，讀若汝南人寫書之寫」條：

訂曰：方言：發、稅，舍車也，東齊海岱之閒謂之發，宋趙陳魏之閒謂之稅。郭注云：舍宜音寫，今通言發寫也。戴氏疏證云：發爲卸車，蓋釋詩齊子發夕之義，言夕而解息車徒也。紹蘭謂：方言釋發、稅皆爲舍車，發當讀廢。……

56.《國語》

a. 卷一，頁38上，「菣」字，「香艸也，出吳林山，從艸姦聲」條：

補曰：菣經典通作蕑，鄭風溱洧、陳風澤陂，毛傳垃云：蕑蘭也。御覽卷九百八十三引韓詩蕑蘭也，說文無蕑，許以菣爲正字。鈕氏非石說文校錄云：鄭風秉蕑，字當同菣。引左氏昭二十二年，大蒐於昌閒，公羊作昌姦，此菣與蕑同之證。紹蘭按：晉語朝無姦官，潛夫論志氏姓篇作閒官，又姦與閒通之一證也。

b. 卷二，頁19上，「逡」字，「復也」條：

訂曰：復當爲復形之誤也。彳部復徇也，從彳日夂，複古文從辵，經

典相承作退，逡與竣聲義竝同。齊語：有司已事而竣，謂有司已事而退，
故逡亦解爲復也。

c. 卷三，頁 1 下，「誕」字，「詞誕也」條：

訂曰：此三字蓋無誤，誕篆厠誇譇之間，故解爲詞誕，謂言詞虛誕也。
楚語：是言誕也。韋注：誕，虛也。虛誕者多爲大言，故引伸爲凡大之偁。
周書无佚云：乃逸乃諺既誕。荀子脩身篇：易言曰誕。説苑尊賢篇：口銳
者多誕而寡信，皆本義也。

57.《白虎通》

a. 卷一，頁 13 上，「丕」字，「從一不聲」條：

補曰：……白虎通：諸侯曰：負子，子，民也。言憂民不復子之也。
公羊傳屬負茲，禮記音義曰：天子曰不豫，諸侯曰不茲隩踦，移檄曰：庶
無負子之責，子可通茲，不亦可通負，索隱非是。紹蘭謂……

b. 卷二，頁 13 上，「唐」字，「大言也」條：

補曰：莊子天下篇：荒唐之言，釋文：荒唐謂廣大無域畔者也。此唐
之本義也，引伸之，凡大皆曰唐。白虎通號篇：唐蕩蕩也，蕩蕩者，道德
至大之貌也。

c. 卷四，頁 33 下，「肺」字，「金臧也」條：

訂曰：……班固曰：樂動聲儀曰：肺之爲言費也，情動得序五藏。肺
義，肺所以義者何？肺者，金之精義者，斷決西方亦金，殺成笞物，故肺
象金色白也。元命苞曰：肺者金之精，制割立斷。白虎通情性篇。……

58.《春秋繁露》

王紹蘭此書中僅有二例：

a. 卷一，頁 8 下，「元」字，「始也」條：

補曰：……春秋繁露王道篇：春秋何貴乎？元而言之。元者，始也。
立元神篇：君人者國之元，故爲人君者，謹本詳始。是元爲始也，元爲始，
故又爲長，文言曰：元者，善之長也。……

b. 卷一，頁 57 上，「薺」字，「析蓂大薺也」條：

補曰：……春秋繁露天地之行篇：薺以冬美，而荼以夏成。冬水氣也，
薺甘美也。乘於水氣而美者甘勝寒也。薺之爲言濟，與濟大水也，是天之
所以告人，故薺成告之甘，荼成告之苦也。急就篇：……

59.《風俗通》

a. 卷四，頁7下，「羌」字，「西戎牧羊人也」條：

> 訂曰：……羌則以牧羊爲事，其字形聲兼會意，故其解明云：从人从羊羊亦聲，是以不入人部而入羊部。風俗通言：羌主牧羊，字从羊人，所說正與許合。牧誓曰：……

b. 卷五，頁11下，「簫」字，「參差管樂，象鳳之翼」條：

> 訂曰：……風俗通云：舜作簫韶九成，鳳皇來儀，其形參差，象鳳之翼，說與許同。筒下云：通簫也。此即後世之洞簫，以其無底，故謂之通，亦謂之洞。……

c. 卷五，頁13上，「箛」字，「吹鞭也，从竹〔註30〕孤聲」條：

> 補曰：風俗通云：漢書舊注箛吹鞭也，箛者慲也，言其節慲威儀。慲之言撫，謂其音節可撫按也。慲箛取疊韵爲義。宋書樂志引漢舊注……

60. 《齊民要術》

a. 卷一，頁41下，「藟」字，「艸也，从艸畾聲，詩曰莫莫葛藟」條：

> 補曰：……齊民要術引詩義疏云：藁似燕薁，連蔓生。太平御覽引毛詩題綱云：藟一名燕薁藤。唐本艸注云：蘡薁與葡萄相似，然蘡薁是千歲。虆藟蘲虆古今字耳。

b. 卷一，頁60下，「莢」字，「艸實」條：

> 補曰：……齊民要術引氾勝之書曰：穫豆之法，莢黑而莖蒼，輒收無疑，其實將落，反失之。故曰豆熟於場，於場穫豆，即青莢在上，黑莢在下。廣雅釋艸：豆角謂之莢。……

c. 卷二，頁10下，「犂」字，「經典省作犂。耕也」條：

> 訂曰：……齊民要術耕田篇：崔寔政論曰：武帝以趙過爲搜粟都尉，教民耕殖，其法三犂，共一牛一人，將之下種，挽耬皆取備焉。日種一頃，至今三輔，猶賴其利。今遼東耕犂，轅長四尺，迴轉相妨，既用兩牛，兩人牽之，一人將種，一人下種，二人挽耬，凡用兩牛六人，一日纔種二十五畝，其懸絕如此。注云：案三犂共一牛，若今三腳耬矣，未知耕法如何？今自濟州迤西，猶用長轅，犂兩腳耬。長轅，耕平地尚可，於山澗之間則不任用，且迴轉至難，費力未若齊人蔚犂之柔便也。兩腳耬種壟穊，亦不如一腳耬之得中也。今按未部無耬字，犂耬一聲之轉，三腳耬即三腳犂，

〔註30〕筆者本論文使用之《說文段注訂補》乃《續修四庫全書》中所收，此版無此「竹」字，「詁林版」亦無，然加以考證，實刻版時略刻「竹」字，非本無「竹」字也。

方音不同耳。群經補義云：……

61.《太元經》

a. 卷四，頁 29 上，「腎」字，「水臓也」條：

補曰：……太元經曰：一六爲水藏腎。白虎通曰：樂動聲儀曰：腎之爲言寫也，以竅寫也。……

b. 卷四，頁 34 上，「肺」字，「金臓也」條：

訂曰：……揚雄曰：二七爲火藏肺。<small>太元經</small>。此皆從古文說者也。……

c. 卷四，頁 36 上，「脾」字，「土臓也」條：

訂曰：……揚雄曰：三八爲木藏脾。<small>太元經</small>。此皆從古文說者也。……

62.《素問》

a. 卷四，頁 29 上，「腎」字，「水臓也」條：

補曰：……素問曰：腎者作彊之官，技巧出焉。又曰腎者主蟄封藏之本精之處也。其華在髮，其充在骨，爲陰中之少陰，通於冬氣。

b. 卷四，頁 33 下，「肺」字，「金臓也」條：

訂曰：……岐伯曰：肺者相傅之官，治節出焉。又曰肺者氣之本魄之處也。其華在毛，其充在皮，爲陽中之太陰，通於秋氣。<small>素問</small>。……

c. 卷四，頁 35 下，「脾」字，「土臓也」條：

訂曰：……岐伯曰：脾胃者倉廩之官，五味出焉。又曰脾胃者倉廩之本營之居也。名曰器，能化糟粕轉味而入出者也。其華在脣四白，其充在肌，此至陰通於土氣。<small>素問</small>。……

63.《水經》

a. 卷四，頁 14 上，「羑」字，「文王拘羑里在湯陰」條：

補曰：水經蕩水注云：羑水出蕩陰西北。地里志曰：縣之西山羑水所出也。羑水又東流逕羑城北，故羑里也。史記音義曰：牖里在蕩陰縣。廣雅：……

b. 卷十一上，頁 44 下，「溱」字，「水出桂陽，臨武入㳿」條：

訂曰：案水經溱水出桂陽臨武縣南。注云：溱水導源縣西南，北流逕縣西，而北與武谿合。則溱水發源臨武縣已合武谿，乃方輿紀要引舊志：溱水經曲江縣西，北流始合武水，與酈注不合。又案……

c. 卷十一上，頁 50 上，「油」字，「從水由聲」條：

補曰：水經淮水篇：東過江夏平春縣北。注云：淮水又東，油水注之，

水出縣西南油溪，此別一油水也。

64. 《楚辭》

　a. 卷四，頁 11 下，「羌」字，「有君子不死之國」條：

　　　　補曰：……楚辭天問云：何所不死，王逸注引括地象曰：有不死之國，
　　　此不言何方。大荒南經：……。楚辭遠游云：留不死之舊鄉。呂氏春秋求
　　　人篇：禹南至不死之鄉，此皆在南不在東。後漢書東夷列傳曰：天性柔順，
　　　易以道御，至有君子不死之國焉，此即許說也。

　b. 卷五，頁 12 上，「簫」字，「參差管樂，象鳳之翼」條：

　　　　訂曰：……楚辭九歌云：吹參差兮誰思言。參差明是謂簫，王逸以洞
　　　簫當之，已昧簫筒之制。段注乃引以證簫，非許義矣。

　c. 卷十一下，頁 16 下，「汶」字，「从水文聲」條：

　　　　補曰：楚辭漁父篇：受物之汶汶。荀子楊倞注引作惽惽，正猶史記、
　　　漢書借汶為閩也。

65. 《太平御覽》

　a. 卷一，頁 13 下，「吏」字，「治人者也」條：

　　　　補曰：漢書惠帝紀：吏所以治民也，能盡其治，則民賴之，許誼所本
　　　也。太平御覽引楊泉物理論：吏者，理也，所以理笪機，平百揆也，誼亦
　　　同。

　b. 卷一，頁 42 下，「芸」字，「艸也，似目宿，从艸云聲」條：

　　　　補曰：太平御覽卷九百八十二引禮圖曰：芸，蒿葉，似邪蒿香美可食。

　　　史記大宛列傳：……

　c. 卷四，頁 14 下，「鷯」字，「鳥也」條：

　　　　補曰：……太平御覽卷八百六引廣志作莫難，又卷九百二十七引符子
　　　曰：晏嬰云有鳥曰金翅，民謂為羽豪。其為鳥也，非龍肺不食，非鳳血不
　　　飲。其食也，常飢而不飽，其飲也，常渴而不充，生未幾何，天其天年而
　　　死。觀晏子之言，足知金翅鳥之所以名難也。難行而鷯廢，難易之義行，
　　　而鷯之本義亦廢矣。汗簡……

66. 《文選》

　a. 卷四，頁 14 下，「鷯」字，「鳥也」條：

　　　　補曰：經典通作難，難，金翅鳥也。郝氏懿行云：木難似難鳥所為。

　　　紹蘭案：文選樂府詩注引越南志曰：木難，金翅鳥，沫所成碧色珠也。蓋

金翅鳥本名難，因其沫結成珠，故俌此珠爲木難。太平御覽卷八百六引廣
志作莫難，……

b. 卷六，頁 7 下，「樗」字，「木也」條：

　　訂曰：俗作樺，或借華字爲之。漢書司馬相如傳：華楓枰櫨，師古曰：
華即今之樺，皮貼弓者也。文選上林賦，李善注引張揖曰：華皮可以爲索，
樺行而樗之正字廢，經典又借樗爲惡木之樗，而樗之本義廢矣。

c. 卷八，頁 18 下，「袀」字，「元服」條：

　　訂曰：文選閒居賦，注引作袀元服也。蓋唐以前舊本如此，二徐別作
袀，以偏旁推之，則從彡與元服合。彡部彡，引詩彡髮如雲，毛傳：黑髮
也，黑近元。月令孟冬……姚文田嚴可均説。説文校議。紹蘭案：以偏旁推
之，則從彡與元服合，鼏亦力持是説。今觀此議，竊喜鄙見之不孤，惟云
文選注引作袀元服也，蓋唐以前舊本如此，又云今不能去取姑，仍徐本是，
猶未免爲李注所惑也。……

67.《本艸》

王紹蘭此書中有二例：

a. 卷一，頁 29 下，「珽」字，「大圭，長三尺，抒上終葵首」條：

　　訂曰：……郭注云：承露也，大莖小葉。本艸陶注云：蔠葵，一名承
露。今本蔠譌落，據爾雅及注訂正。蜀本注云：蔓生葉圓，是蔠葵蘩露之形圓
也。釋艸又曰……

　按：「本艸陶注」指《神農本艸經》陶隱居注；而「蜀本注」指五代後蜀韓保
　　　昇所編之《重廣英公本草》二十卷，世謂「蜀本草」。

b. 卷一，頁 57 上，「蒉」字，「析蓂大薺也」條：

　　補曰：……本艸蜀本注云：析蓂似薺而細葉，則大薺之葉更細於薺，
故受析蒉之名矣。呂氏春秋任地篇：……

68.《唐本艸注》〔註31〕

王紹蘭此書中僅有一例，即卷一，頁 41 下，「藟」字，「艸也，從艸畾聲，詩曰
莫莫葛藟」條：

　　補曰：……齊民要術引詩義疏云：虆似燕薁，連蔓生。太平御覽引毛
詩題綱云：藟一名燕薁藤。唐本艸注云：蘡薁與葡萄相似，然蘡薁是千歲。

〔註31〕唐高宗顯慶二年，由於蘇恭〈一名蘇敬〉之奏請，高宗乃命遴選專家，以陶氏〈陶隱
居〉《集注》七卷本爲中心，進行修撰，以英國公李勣爲總監，蘇恭等人編集，歷時二
年完成，名曰《新修本艸》，是爲我國第一部敕撰本艸，後人即稱之曰《唐本艸注》。

藁薧薧薰古今字耳。

69. 《初學記》

    a. 卷一，頁25上，「璑」字，「三采玉也」條：

        訂曰：……初學記卷二十七引逸論語曰：璑，三采玉也。許氏此解用周官故書及逸論語之文，竝未參以己說，且言璑則惡玉，自見與下於天子純玉備五采之義，亦無不合。段乃以許爲誤，不亦異乎，多見其不知量耳。

    b. 卷四，頁16下，「烏」字，「孔子曰：烏，盻呼也」條：

        訂曰：……初學記卷三十引春秋元命包曰：日中有三足烏者，陽精其傻呼也。注云：傻呼，溫潤生長之言。案口部呼，外息也。吸，內息也。……

    c. 卷四，頁18下，「舄」字，「誰也」條：

        補曰：……初學記引本艸曰：五月五日鵲腦入術家用，一名駮鳥。又引易統卦曰：鵲者陽鳥，先物而動，先事而應，見於未風之象，令失節不巢，癸气不通，故言春不東風也。又引東方朔傳曰：以人事言之，從東方來鵲，尾長傍風，則傾倍風則蹙，必當順風而立，是以東鄉鳴也。

70. 《山海經》

    a. 卷一，頁71上，「菫」字，「一曰菫歷，似烏韭」條：

        補曰：西山經小華之山，其艸有菫荔，狀如烏韭，而生于石上，亦緣木而生，此許說所本。郭璞彼注云：菫荔，香艸也。烏韭，在屋者曰昔邪，在牆者曰垣衣。

    b. 卷二，頁11上，「犛」字，「經典省作犂。耕也」條：

        訂曰：……按山海經：后稷之孫叔均始作牛耕，則牛耕夏時已有之，江說亦未爲原始之論。吳氏理董云：以牛耕故從牛，耕具名犛，耕田亦俪犛也，說與許合。

    c. 卷四，頁10下，「羌」字，「唯東夷從大，大，人也」條：

        補曰：大，人也，謂大字即人字也。大字說云：天大地大人亦大。故大象人形，古文人也。夷字解云：平也，從大從弓，東方之人也。海外東經：大人國爲人大，大荒東經：有大人之國，有大人之市，名曰大人之堂，有一大人踆其上，張其兩耳。

71. 《藝文類聚》

    王紹蘭此書中僅有一例，即卷二，頁13下，「吟」字，「呻也」條：

        補曰：廣韵二十一侵引呻也作呻吟也，吟字當補。姚嚴校義曰：呻當

作歎，蓺文類聚卷十九、御覽卷三百九十二引作歎也。欠部歎，吟也，轉相訓。

72.《北堂書鈔》

王紹蘭此書中僅有一例，即卷五，頁 4 下，「箇」字，「竹枚也，从竹固聲」條和「个」字，「箇或作个，半竹也」條：

> 訂曰：⋯⋯鈔本北堂書鈔車部上引作國君七介，大夫五介。陳禹謨本刪去。是个即介字。公食大夫禮注下：大夫體七个，釋文：个作介，古賀反。⋯⋯

又頁 5 下：

> ⋯⋯月令：天子居青陽左个，鄭注曰：青陽左个，大寢東堂北偏。案鄭訓个爲偏，則其字當與介同。向秀注莊子養生主篇曰：介，偏刖也。見釋文。是介字古訓爲偏也。鈔本北堂書鈔歲時部二，初學記歲時部上，引月令竝作介。徐鉉論俗書曰：明堂左右个當作介是也。呂氏春秋孟春篇：天子居青陽左个，高注曰：左右房謂之个，个猶隔也。淮南時則篇注同。案个亦與介同，介之言界也，限也，故高注訓爲隔。⋯⋯

73.《酉陽雜俎》

王紹蘭此書中僅有一例，即卷六，頁 1 上，「楷」字，「木也，孔子冢蓋樹之者」條：

> 訂曰：酉陽雜俎木篇：孔子墓上特多楷木續集支植。下又云：蜀中有木類柞，眾木榮時枯栌，隆冬方萌芽布陰，蜀人呼爲楷木。淮南草木譜：楷木生孔子冢上，其幹枝疏而不屈，以質得其直也。然則楷木隆冬萌芽布陰，其幹枝不屈而直，故因以爲楷式，字取木質爲義也。⋯⋯

74.《白帖》

a. 卷五，頁 6 下，「箇」字，「竹枚也，从竹固聲」條和「个」字，「箇或作个，半竹也」條：

> 訂曰：⋯⋯白帖八十五載梓人之文，正作上兩介。鄉射禮：適右个，白帖作適右介，是庋之左个右个皆介字也。大雅生民箋曰：介，左右也。⋯⋯

b. 卷十，頁 17 下，「能」字，「熊屬，足似鹿」條：

> 訂曰：⋯⋯白帖卷九十七，熊下引逸周書王會篇曰：東胡獻黃熊。今本逸周書作黃羆，蓋後人所改。李善注南都賦引六韜曰：散宜生得黃熊而獻之紂，則熊固有色黃者。⋯⋯

c. 卷十，頁 22 上，「心」字，「象形」條：

> 補曰：丁部引太乙經曰：丁承丙，象人心。白虎通曰：人有道尊，天本在上，故心銳下也。情性篇。元命苞曰：心者火之精，火成於五，故人心長五寸。見白帖心部。

75. 《鄉黨圖考》

王紹蘭此書中僅有一例，即卷二，頁 21 下，「廷」字，「朝中也」條：

> 訂曰：……江氏永曰：路寢門内之朝，君之視之也。當有四：一爲與宗人圖嘉事，文王世子公族朝於内朝。鄭云：謂以宗族事會是也。一爲與群臣燕飲，燕禮所言是也。一爲君臣有謀議，臣有所進言，則治朝既畢，復視内朝，鄉黨所記是也。聘禮：君與卿圖事，遂命使者，亦是在内朝也。一是群臣以元端服夕見，亦是有事謀議也。四事外，則君與四方之賓，燕亦在寢非朝禮。又或臣燕見於君，士相見禮所謂君在堂，升見無方階，辨君所在，亦非朝禮。孔子侍坐、侍食，對問政、對儒行，皆是燕見時也。鄉黨圖考。如江所說，即燕朝有屋之證，段氏乃云燕朝不屋，失之矣。曾子問：雨霑服失容則廢，指治朝而言，不謂燕朝。

以上乃王紹蘭《說文段注訂補》一書之撰作體例，經筆者整理後約可分爲十大條例，今歸納以上所舉之例，再詳列其細目於下：

（一）分別部居例

　　1. 凡某之屬皆從某

（二）部次例

　　1. 說文部首之例，凡疊兩字爲一字者，必先列所疊之字於前，而以疊之者次之。

（三）歸字例

　　1. 全書言凡某之屬皆從某，非僅指本部而言，它部有從某字者，皆於此部凡某該之。

（四）連讀例

　　1. 二字連讀

　　2. 三字連讀

　　3. 篆解三字連讀

（五）音訓例

　　1. 雙聲、疊韻

　　2. 聲轉、聲之轉、一聲之轉

　　3. 聲兼義、形聲兼會意、諧聲兼會意

（六）義訓例

  1. 互訓

  2. 反訓

（七）術語例

  1. 謂之

  2. 之言

  3. 猶

  4. 古今字

  5. 正字、借字、假借字

  6. 渾言、統言

  7. 長言與短言、緩氣言與急氣言

  8. 單呼、合呼、絫呼

  9. 讀若、讀如、讀與某同

  10. 對文、散文

  11. 當爲、當作

  12. 同意

  13. 正同一例、文同一例、文法正同、其例正同

  14. 經典通作

（八）引經例

  包括有：《周易》、《尚書》、《詩經》、《周禮》、《儀禮》、《禮記》（《小戴禮記》）、〈夏小正〉（《大戴禮記》）、《左傳》、《公羊傳》、《穀梁傳》、《論語》、《孝經》、《爾雅》、《孟子》、《爾雅正義》、《韓詩外傳》等十六部經書。

（九）引通人例〔註32〕

  1. 王炎

  2. 謝金圃

  3. 丁希曾

  4. 何郊海

（十）引群書例

  包括有：《說文理董》、《周秦名字解故》、《經義述聞》、《說文校議》、《通藝錄》、《經義雜記》、《六書說》、《尚書集注音疏》、《文字指歸》、《讀說文記》、《說文解字

〔註32〕筆者此「引通人例」只列出王炎、謝金圃、丁希曾和何郊海等四人之因，請參見本論文頁78中所述。

群經正字》、《說文五翼》、《說文疑疑》、《說文校錄》、《說文解字斠詮》、《潛研堂文集》、《本艸拾遺》、《禮說》、《經典釋文考證》、《眾經音義》、《釋文》、《字書》、《字林》、《字統》、《埤蒼》、《文字音義》、《六書故》、《六書正譌》、《大徐本—說文解字》、《小徐本—說文繫傳》、《玉篇》、《類篇》、《集韻》、《廣韻》、《韵會》、《廣雅》、《廣雅疏證》、《釋名》、《古文四聲韻》、《汗簡》、《甘祿字書》、《周禮疑義舉要》、《史記》、《漢書》、《後漢書》、《淮南子》、《老子》、《莊子》、《荀子》、《韓非子》、《管子》、《列子》、《墨子》、《晏子春秋》、《呂氏春秋》、《戰國策》、《法言》、《說苑》、《方言》、《國語》、《白虎通》、《春秋繁露》、《風俗通》、《齊民要術》、《太元經》、《素問》、《水經》、《楚辭》、《太平御覽》、《文選》、《本艸》、《唐本艸注》、《初學記》、《山海經》、《藝文類聚》、《北堂書鈔》、《酉陽雜俎》、《白帖》、《鄉黨圖考》等近八十部經、史、子、集之群書。

第三章 《說文段注訂補》內容之評析

第一節 王氏訂補《說文》段注的原因

上章第三節中已討論過王紹蘭在撰寫《說文段注訂補》一書時的寫作方法和體例，本章繼而將從寫作方法和體例來分析《說文段注訂補》一書的寫作內容，包括王紹蘭之所以會訂補《說文》段注的原因、《說文段注訂補》一書的內容寫作特色以及王紹蘭在撰寫此書時的寫作態度為何等三大方向做說明。

胡樸安於《中國文字學史》一書中嘗云：「王氏之訂補，其例有二：訂者訂段之譌；補者補段之略。」此即明言王紹蘭《說文段注訂補》一書，「訂」者乃訂正段注之譌誤；「補」者乃補充段注之疏略。然則王氏訂補《說文》段注並非完全單純就字句之形、音、義分項說明，一字或一句之內，可能形、音、義互相牽涉，所以筆者在歸納王氏訂補《說文》段注的原因上，雖暫分為釋形、釋音、釋義、版本和句讀等五大方向做討論，但例子時或互相牽涉，實在所難免也。以下即從釋形、釋音、釋義、版本和句讀等方面，各舉二例做探討，以瞭解王紹蘭訂、補《說文》段注的主要原因。

一、訂之原因

王氏訂正段注之主要原因，筆者歸納為「訂釋形之誤」、「訂釋音之誤」、「訂釋義之誤」、「訂句讀之誤」和「訂版本異說」等五大項做說明。

1. 訂釋形之誤

a. 卷一，頁 32 下，「中」字，「从口丨上下通」條：

注云：案中字會意之恉，必當从口音圍，衛宏說。疌字从卜中，則

中之不从日明矣，俗皆从日失之。云上下通者〔註1〕，謂中直，或引而上，或引而下，皆入其內也。

　　訂曰：段氏謂中不从日是矣，然但以爲當从口而不明言其故，則嫌於正方之圍，猶未通於倉頡造此中字之恉。竊謂中當从口，口者非○非□，可爲○亦可爲□。□○有定，中亦有定；□○無定，中亦無定。○天道，□地道，劉康公所謂天地之中也。从｜者，洪範九疇：五皇極皇，建其有極。極者中也，第五疇在天，一地二天三地四地六天七地八天九之中，傳說所謂天之中數五，地之中數六，而二者爲合也。見漢書律歷志。然則｜者合天○地□之口以爲中，建其有極，建此｜會，其有極會，此｜歸其有極，亦歸此｜。引而上行，｜與天通；引而下行，｜與地通。呂刑謂絕地天通得｜，而絕者皆通，故曰从口｜上下通也。段云：皆入其內，失之遠矣。

　　按：王紹蘭亦贊同段注謂中不从日之說，但段氏並不言中字从口之因，王氏認爲此或與正方之圍相混，若是如此，則未明瞭倉頡造此中字之恉意爲何。因此王氏認爲此中字當从口，口者非○非□，可爲○亦可爲□。□○有定，中亦有定；□○無定，中亦無定。此乃言中之口形，是一抽象、比較之概念。非○非□，可爲○亦可爲□；可有定，亦可無定。所謂中，需與二物或以上比較，由比較而得中。例如：需有三人比較身高，才能得知身高中者爲何人；若只有二人，只有誰高、誰矮之分，並無中者可言。因此，中字从口之因乃明。又段注云上下通者，謂中直，或引而上，或引而下，皆入其內也之說，王氏認爲失之遠矣。其舉《尚書·洪範、呂刑》之說爲證，認爲｜者合天○地□之口以爲中，引而上行，｜與天通；引而下行，｜與地通，而非「入其內也」。王氏此條「訂曰」乃由形以推義，而得倉頡造此中字之恉矣。

b. 卷二，頁19上，「逡」字，「復也」條：

　　注云：彳部曰復往來也。

　　訂曰：復當爲復形之誤也。彳部復卻也，從彳日夂，䖵古文從辵，經典相承作退，逡與竣聲義竝同。齊語：有司已事而竣，謂有司已事而退，故逡亦解爲復也。

　　按：王紹蘭復當爲復形之說乃是，因爲逡字有不前進之意，故其亦有退意。且王氏舉《說文》復字和《國語·齊語》之說以證，皆確有其據。另外，

〔註1〕段注此句本爲「云下上通者」，而王書改作「云上下通者」一句。

《說文》部中字的排列，大都是把意義相近的字放在一起。逡字之前爲遴字，其解爲「行難也」；逡字之後爲返字，其解爲「怒不進也」，因此可推知逡字應解爲「復也」爲是。若是解爲「復也」，則其意爲往來，與逡字「不前進」之意不甚符合，故王氏之「訂曰」爲是也。

2. 訂釋音之誤

a. 卷四，頁6上，「摯」字，「讀若晉」條：

注云：摯从執聲，執與沈皆七部字也，讀若晉之晉，疑有誤。訂曰：晉當作晉，弄部晉字解云：讀若薿薿，一曰若存，晉籀文晉，一曰晉即奇字晉，晉爲晉之籀，亦即奇字晉，則晉晉晉三字同音，而晉有薿存之讀，與摯讀若晉正同，段云疑有誤，蓋未之深考矣。

按：段玉裁認爲讀若晉之晉字疑有誤，而王紹蘭則說晉字當作晉字，其舉《說文》晉字以證，因晉爲晉之籀文，亦即奇字晉，則晉、晉、晉三字同音，而晉有讀若薿、存之音，與摯有讀若晉之音正同爲一例，而段氏懷疑晉字有誤，實乃未深入考究也。

b. 卷四，頁22上，「歺」字，「讀若櫱岸之櫱」條：

注：櫱岸未聞，櫱當作屵，屵者岸高也，五割切，櫱音同，蓋轉寫者以其音改其字耳。

訂曰：櫱當爲屵，讀者不識屵字，輒增爲櫱也。自部屵，危高也。从自屮聲，讀若臬。故許於此讀歺若屵岸之屵，段氏讀說文不觀，乃云櫱當作屵，失之矣。

按：段玉裁認爲「櫱岸」一詞未聞，因此改櫱字爲屵字，又言此乃轉寫者因爲音讀而改其字也。但王紹蘭認爲櫱字應作屵字，因爲讀者不識屵字，然後增爲櫱字也。其在卷十四，頁8下，「屵」字，「危高也。从自屮聲，讀若臬」條中亦云：「補曰：歺字說云：讀若櫱岸之櫱，櫱岸即屵岸之誤，然則屵爲岸之危高也。」又葉德輝《說文讀若考》云〔註2〕：「按：櫱岸當即屵岸，櫱屵假借用耳。……櫱爲伐木餘之櫱義，與屵近，故屵讀櫱也。」且以今之音讀而言，櫱讀若屵；以義而言，皆或有不平坦之義，故二者音同義近可假借也。

〔註2〕見《說文解字詁林正補合編》4，頁592。

3. 訂釋義之誤

卷一，頁 38 下，「藻」字，「蒲蒻之類也」〔註3〕條：

注云：此釋周禮也，加豆之實，深蒲醓醢。先鄭曰：深蒲，蒲蒻入水深，故曰深蒲。鄭曰：深蒲，蒲始生水中子。是則深蒲即蒲蒻在水中者，許君以蒲子別於蒲，以蒻之類別於蒻，謂蒲有三種，似二鄭說爲長。

訂曰：段氏謂許別蒲爲三種，以二鄭說爲長。今按蒲者總偁蒻，即始生而小弱者。深蒲則入水深，其實一蒲。許以藻蒲爲蒻類者，蒲入水深，其根入泥深，較蒲子在水中入泥淺者爲小異，故曰類，仍謂蒲子之類，非別爲一類而分爲三種也。許說與二鄭竝合，段說非是。

按：段玉裁認爲許慎分蒲爲三類：蒲蒻、深蒲、蒲子。並以二鄭說駁斥許，認爲似二鄭說爲長。但王紹蘭認爲許慎以藻蒲爲蒻類者，乃是因爲蒲入水深，其根入泥也較深，比蒲子在水中根入泥淺者有些許差異，因此仍稱爲蒲子之類，二者實爲同一類也，而不是深蒲和蒲子完全不同而分爲二類。所以許慎之說和二鄭之說相合，謂深蒲和蒲子皆爲蒲蒻之類也，非段氏所說許分蒲爲三種也。

b. 卷二，頁 25 下，「籨」字，「虇或从竹」條：

注云：樂記又作笢。

訂曰：案樂記有籨無笢。月令：調竽笙笢簧。鄭無注，孔疏作籨。

釋文：笢音池，本又作籨，同。是皆讀笢爲籨，即段所本。今攷竹部無笢有箟，解云：簧屬，从竹是聲是支切。是與也古音相近，箟正字，笢通行字。箟爲簧屬而非即簧，月令：竽笙笢簧，四物竝列，竽與笙對文；笢與簧對文，明各爲二物。若笢即是籨，則與竽笙爲三物，簧自爲一物，於文殊不類矣。段於箟字注云：今之鎖，簧以張之，箟以斂之，則启矣，其用與笙中簧同。彼說罕譬而喻，而不知即月令之笢也，此說非。

按：段玉裁言「樂記又作笢」，然王紹蘭訂其誤，言《禮記・樂記》中並無「笢」字，只有「籨」字，「笢」字乃載於〈月令〉中。今詳閱《禮記》〈樂記〉與〈月令〉二篇，其文各爲：「然後聖人作爲鞀、鼓、椌、楬、壎、籨，此六者德音之音也。」與「是月也，命樂師脩鼗、鞞、鼓，均琴、瑟、管、簫，執干、戚、戈、羽，調竽、笙、笢、簧，飭鍾、磬、柷、敔。」知王氏所言不誣。再者，其攷竹部無笢有箟，箟字解云：簧屬，从竹是

〔註 3〕段注於蒲字前加一「藻」字，言「各本脫藻字今補」，且認爲「藻蒲」一句應逗，「蒻之類也」另爲一句。

聲是支切。言「是」（承紙切十六部）與「也」（余者切十六、十七部）二
字古音相近，篷乃正字，笢乃通行字。且篷為簹屬，但非言篷即是簹，〈月
令〉：竿笙笢簹，四物竝列為文，竿與笙對文；笢與簹對文，明各為二物。
王氏此則訂曰內容，不僅訂正段氏「樂記又作笢」當為「月令又作笢」
之誤，且詳舉笢、篾、篷、簹四字字義之別，笢音池，本又作篾，是皆
讀笢為篾，即段氏所本也；又篷為簹屬，但非言篷即是簹也。此外，王
氏更言篷乃正字，笢乃通行字，以明篷與笢本為一物，為簹屬之器也。
由此可知，王紹蘭此說勝於段說矣。

4. 訂句讀之誤

卷一，頁42上，「甀」字，「豖首也」條：

注云：釋艸曰：茢甀，豖首，許無茢字者，考太平御覽引爾雅：黃，
土瓜，孫炎曰：一名茢也。按叔然以茢上屬，許君讀蓋與孫同。

訂曰：爾雅釋艸：黃，菟瓜。茢甀，豖首。郭本茢字屬下讀，許氏於
黃字解云：兔瓜也。甀字解云：豖首也。是其所見爾雅作黃，兔瓜。甀，
豖首，無茢字。太平御覽卷九百九十五引爾雅：黃，土瓜。孫炎曰：一名
列也。是叔然所據有列字，屬上讀，與許迥異。段注引孫說，而云許讀蓋
與孫同，亦考之未審矣。

按：段玉裁認為許慎讀「甀」字之解與孫炎所讀相同，茢（列）字隨「黃」
字上讀，「甀，豖首也」下讀，亦即「黃，菟瓜，茢。甀，豖首也。」為
是。但王紹蘭認為段氏考之未審，此乃表面上相同，實際上許讀卻非如
此。王氏以為《爾雅・釋艸》：黃，菟瓜。茢甀，豖首。郭本茢字屬下讀，
許氏於黃字解云：兔瓜也。甀字解云：豖首也。是其所見《爾雅》作黃，
兔瓜。甀，豖首，無茢字。但《太平御覽》卷九百九十五引《爾雅》：黃，
土瓜。孫炎曰：一名列也。是孫炎所據有茢（列）字，屬上讀，而許無
茢（列）字，屬下讀，故二者實不相同。又王紹蘭於卷一，頁39下，「黃」
字，「兔瓜也」條中已曾明云：

補曰：爾雅釋艸：黃，兔瓜。茢甀，豖首。郭讀黃兔瓜為一物，茢甀
豖首為一物。太平御覽卷九百九十五引爾雅：黃，兔瓜。孫炎曰：一名列
也。是孫本作列，屬上讀。說文：黃，兔瓜也。甀，豖首也。許所據爾雅
舊本無茢字，亦無列字，與孫郭本不同。

故由王紹蘭「黃」字補曰內容和「甀」字訂曰內容可知，許慎讀此句《爾雅》
文本為「黃，兔瓜。甀，豖首也。」無「茢」（列）字，段氏謂「許君讀蓋與孫同」

之說爲誤也。

　　b. 卷七，頁 39 上，「家」字，「居也」條：

　　　　　　注云：家人，字見哀四年、左傳、夏小正傳及史記、漢書。

　　　　　　訂曰：周易有家人卦，詩傎宜其家人，書傎不能厥家人，不僅見左傳

　　等書也。夏小正傳：操泥而就家入人內也，然則小正不作家人，段氏誤讀。

　　　　按：段玉裁謂「家人」一詞古籍屢見，如《詩經》、《左傳》、《夏小正傳》、《史

　　　　記》、《漢書》等等，王紹蘭更舉出《周易》、《尚書》亦見「家人」一詞，

　　　　但其中段氏謂《夏小正傳》亦有「家人」一詞，實乃誤讀。王氏舉出《夏

　　　　小正傳》中所言：「操泥而就家入人內也」一句，非「家人」一詞，應爲

　　　　「家入人」三字也，故段氏誤讀此書「操泥而就家入人內也」一句。此

　　　　外，在句讀上段氏亦誤，今《大戴禮記‧夏小正》「二月」中云：「百鳥

　　　　皆曰巢，鷇穴取與之室，何也？操泥而就家，入人內也。」其意乃言：

　　　　各種鳥住的地方都叫做「巢」，燕子在深穴裡聚居，而說是「室」，爲什

　　　　麼呢？這是由於牠們拿泥來到人們的家中，進入人家的內院（來構築牠

　　　　們的住處）啊。故「操泥而就家」爲一句，「入人內也」爲一句，「家」

　　　　字屬上讀，「人」字屬下讀，如此於義方合，與「家人」一詞無涉。

5. 訂版本異說

　　a. 卷一，頁 34 上，「屮」字，「籀文中」條：

　　　　　　注刪此文，云依鍇本張次立，依鉉本增屮字。

　　　　　　訂曰：屮亦當从口，漢蔡湛頌屮子劉修碑：動乎儉，屮正用籀文，此

　　謂執其兩端也。二在左上，舉左以見右，二在右下，舉右以見左。且舉左

　　右上下以見前後內外，皆中意也。戚伯著碑：光祿侍中，其字作屮，即其

　　明證矣。夏承碑：仲窈之屮，古彝器多如此作，是又在右之上下亦可證中

　　無執一之恉。然則屮字疊見漢碑，正可據以說中之義。大徐本爲長，段氏

　　刪之誤矣。

　　　　按：段玉裁刪此籀文屮，王紹蘭認爲段氏刪之誤矣。其舉漢蔡湛頌屮子劉修

　　　　碑、戚伯著碑、夏承碑等漢碑，言舉左右上下以見前後內外，且據以說

　　　　中無執一之恉。又言依徐鍇《說文繫傳》張次立、依徐鉉《說文解字》

　　　　增此籀文屮字爲是，故言大徐本爲長，段氏刪之誤矣。

　　b. 卷一，頁 69 上，「薙」字，「从艸雉聲」條：

　　　　　　注云：許君說文本無薙字，淺人所羼入也。

　　　　　　訂曰：爾雅釋詁：矢雉陳也，夷易也，矢弛也，弛易也，矢雉夷弛四

字互爲訓詁，明其音義竝近。漢書地理志南陽郡雉注云：舊讀雉音弋爾反，江夏郡下雉如滘曰：音羊氏反。揚雄傳：列新雉於林薄，服虔曰：新雉，香艸也。雉夷聲相近，是服子慎謂辛雉即新夷也。薙从雉得聲，是以薙氏書或作夷，以雉聲近夷，非謂雉字即薙，故古本周官月令無作雉氏燒雉者。蓋薙爲除艸，必从艸雉方合形聲之例，許書之薙，既本周官，又明引明堂月令，其爲有此薙字，可無疑義。玉篇薙引周禮，又釋之曰：謂以鉤鐮迫地芟之，與許鄭之義竝合。廣韻十二霽：薙，除艸。雖夫明引說文，而解則本許氏。類篇薙下云：說文除艸也，引明堂月令季夏燒薙。集韻十二霽，薙下云：說文除艸也，引明堂月令季夏燒薙，皆全引說文。宋刊大徐本，宋鈔小徐本，與今本竝同。段謂說文本無薙字，爲淺人所羼入，則又不知其所據無薙字之本，究屬何本說文，甚矣其謬也。

按：段玉裁認爲許愼《說文解字》本無薙字，此薙字爲淺人所羼入也。但王紹蘭舉《爾雅》、《漢書》、《玉篇》、《廣韻》、《類篇》、《集韻》、《宋刊大徐本》、《宋鈔小徐本》與今本《說文解字》諸說以證，明許愼所著之《說文解字》本有薙字。今觀《玉篇》、《廣韻》、《類篇》、《集韻》等諸書所載薙字之解，知王氏所證不誣，且知許愼《說文解字》本有薙字，絕非如段氏所謂「許君《說文》本無薙字，淺人所羼入也」。而段氏所據無薙字之《說文》，究屬何本《說文》，令人生疑，故而王紹蘭認爲段氏此說爲大謬也。

二、補之原因

王紹蘭補充段注之主要原因，筆者歸納爲「補釋形」、「補釋音」、「補釋義」和「補版本異說」等四大項做說明。

1. 補釋形

a. 卷一，頁 13 下，「旁」字，「從二，闕」條：

補曰：理董云：闕說𠂆文，考古文下字別作𠄟，𠄟乃上下并省成文，亦象四旁，故央字解云：央旁同意。

按：王紹蘭依吳穎芳《說文理董》所解，補旁字「闕」之意，並說「𠂆」之形構。然段氏此句亦注云：「闕謂从𠂆之說未聞也，李陽冰曰：𠂆象旁達之形也。按自序云：其於所不知蓋闕如也。凡言闕者，或謂形，或謂音，或謂義，分別讀之。」段氏採李陽冰之論以補所「闕」爲何，然王氏或以爲不足，故另補吳氏之說，以再明旁字所闕爲何也。

b. 卷一，頁 14 上，「􀀀」字，「古文禮」條：

> 補曰：理董云：從古文示之􀀀，乚以識人行禮。紹蘭按：阮氏款識甲
> 午簋銘云：作禮。簋之禮作􀀀，許氏所見左匋從一，古文上也。此銘從
> 二，亦古文上也。雖有一二之異，其爲古文則同。鐘鼎文禮字右匋罕有從
> 乚者，惟見此銘耳。

按：王紹蘭依《說文理董》補「􀀀」和「乚」對形構的說解，且舉阮氏款識
甲午簋銘中之「􀀀」字，謂鐘鼎文禮字右匋罕有從乚者，而鐘鼎文禮字
右匋從乚者惟見此銘耳。

2. 補釋音

a. 卷一，頁 39 下，「藃」字，「牛藻也，从艸君聲，讀若威」條：

> 補曰：女部威姑也。漢律：婦告威姑，按威姑爾雅謂之君姑，明君威
> 古音同，故从君聲之字讀若威。

按：段玉裁此句注中有云：「渠殞切十三部，按君聲而讀若威，此由十三部轉
入十五部，張敞之變爲緄，緄音隕，說文：音隱之音，塢塊反。字林：
窘亦音巨畏反，皆是也。唐韵：渠殞切，則不違本部。地有南北，時有
古今，語言不同之故。竊疑左傳蘊藻即藃字，蘊與藻爲二，猶筐與筥，
錡與釜皆爲二也。」段氏對於「藃」字「讀若威」之故說之甚詳，而王
紹蘭再補《爾雅》君姑即威姑之說，重言君、威二字古音相同，故从君
聲之字讀若威可也。

b. 卷十三，頁 4 上，「蠆」字，「匽蠆也，讀若朝」條：

> 補曰：蠆讀若朝，毛詩汝墳：調飢，傳云：調，朝也。朝調疊韵，蠆
> 蜩亦疊韵，則蠆即蜩也。大雅蕩篇：如蜩如螗，孔疏引舍人曰：皆蟬也，
> 方語不同，三輔以西爲蜩，梁宋以東謂蜩爲蠅蜩爲二字據邢氏爾雅疏補。又引
> 陸璣疏云：螗一曰螗蚑。夏小正五月：唐蜩鳴，唐蜩者，匽也。然則螗即
> 匽之借字，蚑乃蜩之異文。單呼曰匽亦曰蜩，合呼則曰匽蜩，猶單呼曰蠆，
> 合呼則曰匽蠆，明匽蠆即匽蜩也。方言有輕重，故制字有異同。蜩在虫部，
> 匽蠆在黽部者；猶蝦蟆在虫部，鼃，蝦蟆也，亦在黽部，是其明證矣。

按：段玉裁此句注中只云：「陟遙切二部」，王紹蘭認爲段氏之說未足以明
「蠆」字爲何「讀若朝」之故，故其詳舉《毛詩·汝墳》和〈大雅·蕩〉
篇，以明調，朝也，朝、調二字疊韵；蠆、蜩二字亦疊韵，蠆即蜩也，
則蠆字讀若朝可也。再者，就蠆、朝二字古音而言，二字同爲「陟遙切
二部」，屬同音字，同爲知母蕭韻，同爲二部字，故蠆字讀若朝當然可也。

此外，王氏更詳舉陸璣〈疏〉與〈夏小正〉中所云，以明「蠹」字許愼言「匽蠹也」之義，王氏言蝘即匽之借字，蚓乃蜎之異文。單呼曰匽亦曰蜎，合呼則曰匽蜎，猶單呼曰蠹，合呼則曰匽蠹，明匽蠹即匽蜎也。此乃因方言有輕重，故制字有異同之故也。王紹蘭此則補曰內容正足以補段注之不足也。

3. 補釋義

a. 卷一，頁 13 下，「吏」字，「治人者也」條：

補曰：漢書惠帝紀：吏所以治民也，能盡其治，則民賴之。許誼所本也。太平御覽引楊泉物理論：吏者理也，所以理萬機平百揆也，誼亦同。

按：段玉裁此句注云：「治與吏同在第一部，此亦以同部疊韵爲訓也。」然而王紹蘭以爲段說未詳明「吏」字「治人者也」之義，故其引《漢書・惠帝紀》和《太平御覽》二書所載，以補段注未詳之處。王氏言許愼「吏」字所解「治人者也」之誼乃本於「吏所以治民也，能盡其治，則民賴之。」及「吏者理也，所以理萬機平百揆也。」二者即是「吏」字解爲「治人者也」之恉也。此外，桂馥《說文解字義證》中亦有提及「治人者也」之意，其言〔註4〕：「治人者也者，周禮：吏以治得民。……韓非子外儲說：吏者民之本綱也，聖治吏不治民。……藝文類聚引風俗通：夫吏者治也，當先自正，然後正人。……」皆言「吏」是治也，亦即治人者也，可與王氏之說共同補充段注之未詳。

b. 卷一，頁 64 下，「茟」字，「惡艸兒」條：

補曰：淮南子脩務訓：虎豹有茂艸，野彘有艽茟槎櫛，堀虛連比，以像宮室。野彘以茟像室，正與惡艸兒之解合。

按：段玉裁此句並無注解，故而王紹蘭以《淮南子・脩務訓》之說，補《說文》「茟」字「惡艸兒」之義，謂「野彘以茟像室，正與惡艸兒之解合」。再者，桂馥《說文解字義證》中，此字亦引《淮南子・脩務訓》爲說，其言〔註5〕：「惡艸兒者，淮南脩務訓：野彘有艽茟槎櫛，窟虛連比，以像宮室。高誘謂：艽茟爲蓐。馥案：野彘所寢之草如狼藉也。」意與王氏所言相同。此外，王筠《說文句讀》、朱駿聲《說文通訓定聲》等書，亦皆引《淮南子・脩務訓》此文以釋「茟」字「惡艸兒」之義，可見王

〔註4〕見《說文解字詁林正補合編》2，頁34。
〔註5〕見《說文解字詁林正補合編》2，頁766。

紹蘭此則補曰內容實爲引此《淮南子・脩務訓》之文，以釋「莴」字「惡
艸皃」之義之先例也。

4. 補版本異說

此僅一例，即卷二，頁 17 上，「逶」字，「逶迤，褒去之皃，从辵委聲」條和「蟡」
字，「或从虫爲」條：

> 補曰：二徐本皆有蟡下五字，段氏刪之。吳氏理董云：虫行逶迤，故
> 从虫爲聲。紹蘭按：長言曰逶迤，短言曰蟡。蟡即逶迤之合聲，故以蟡爲
> 逶之或字。管子水地篇：蟡者，一頭而兩聲，其形若蛇。許但以爲逶之或
> 字，不取管子爲説。

> 按：王紹蘭言大、小徐本皆有「蟡，或从虫爲」五字，而段注刪之。其舉吳
> 穎芳《說文理董》所云：「虫行逶迤，故从虫爲聲。」以明蟡字「或从虫
> 爲」之由。再者，王氏言「長言曰逶迤，短言曰蟡。蟡即逶迤之合聲，
> 故以蟡爲逶之或字。」以補充說明爲何「蟡」字爲「逶」字之或體字，
> 且不宜刪之。此外，王氏再舉《管子・水地篇》之說，以補充蟡字有「一
> 頭而兩聲，其形若蛇」之一物之義，但許愼只採用「逶之或字」之說，
> 不取管子爲說。王氏此蟡字所補可謂詳盡矣。

王紹蘭訂、補《說文》段注的主要原因如上所述，包括：釋形、釋音、釋義、
句讀和版本等方面。而綜觀《說文段注訂補》一書，即是由以上種種原因所纂作而
成，換句話說，王紹蘭訂者雖訂段之誤，補者雖補段之略，但有時更可說是進而訂
補《說文》，使許愼《說文解字》臻於眞善之恉，此不也是王書之一大貢獻。

第二節　《說文段注訂補》內容寫作特色

上節已分析過王紹蘭《說文段注訂補》中「訂段」與「補段」的主要原因爲何，
本節將進而討論《說文段注訂補》一書在內容寫作上的特色爲何，探討是否有其獨
特之處。筆者將從「證據精確，抉摘詳審」、「旁徵博引，參以己見」和「與王筠《說
文釋例》相發明」等三大方向做分析和論述。

一、證據精確，抉摘詳審

由於王紹蘭此書的寫作重點在於「訂段」和「補段」，因此在做訂補的工作時，
需講求論述有據，如此方能使人信服，而此書也才有其存在的價值與意義。故此書

內容寫作上的第一特色就是證據精準確切，論述詳細審考〔註6〕。以下即舉例做說明：

a. 卷一，頁74上，「折」字，「篆文斯从手」條：

注云：此唐後人所妄增，斤斷艸，小篆文也。艸在仌中，籀文也。從手從斤，隸字也。九經字樣云：說文作斯，隸省作折。類篇、集韻皆云：隸從手。則折非篆文明矣。

訂曰：手部撓，重文揳解云：揳或从折从示，兩手急持人也。口部哲，折聲；悊，或从心。是部逝，言部誓，日部晢，石部矺，犬部狾，水部淛，金部銴，皆从折聲，並从手不从斯，若云本皆从斯，傳寫誤从手，則系部之䋽，何以不謌從折，是篆有从手之折明矣。安得據九經字樣、類篇、集韻隸从手作折之言，謂是唐後人所妄增乎。

按：王紹蘭此則「訂曰」內容乃使用《說文》來證《說文》，並駁段注之非。其舉《說文》哲、逝、誓、晢、矺、狾、淛、銴等八字，以證明字皆从折聲，並从手不从斯。如果說這些字本來都是从斯，乃是因為傳寫謌誤而从手，但是系部之䋽字，為什麼又不謌誤而从折呢？所以篆文有从手之折顯然是明確存在的。段玉裁怎麼可以因為只根據《九經字樣》、《類篇》、《集韻》「隸从手作折」的說法，就說折字非篆文，而是唐以後人所妄自增加的呢！王氏此則論據，實在是精準確切。

另外，嚴章福《說文校議議》中對於「折」字亦有其見解，其云〔註7〕：

九經字樣云：說文作斯，隸省作折。類篇、集韻皆言隸從手，則折非篆文可知。木部析，从斤斷木，此从斤斷艸，不言手而義自明。然說文从折者，哲、逝、誓、晢、矺、狾、悊、淛、銴、銴十字皆不从斯，豈皆後人所改，蓋此折字本取見於上文說解，云或从手，校者遂據添一篆文耳。

按：嚴章福此說與王紹蘭之意大略相同，亦認為哲、逝、誓、晢、矺、狾、悊、淛、銴、銴等十字皆不从斯，豈皆後人所改。唯嚴氏認為此折字本附見於上文說解，因云或从手，而校者於是添一「篆文」於折字上也。

b. 卷四，頁23下，「體」字，「總十二屬也」條：

注云：十二屬許未詳言，今以人體及許書覈之，首之屬三：曰頂曰面曰頤；身之屬三：曰肩曰脊曰屍；手之屬三：曰厷曰臂曰手；足之屬三：

〔註6〕關於此一特色，可參見「胡刻本」李鴻章〈說文段注訂補序〉和潘祖蔭〈說文段注訂補序〉等兩篇序中所言之例。

〔註7〕見《說文解字詁林正補合編》2，頁888。

曰股曰脛曰足。合說文全書求之，以十二者統之，皆此十二者所分屬也。

訂曰：案段注似未知許說所本也，二當爲三。韓子解老篇：人之身三百六十節，四肢九竅，其大具也。四肢與九竅，十有三者。十有三者之動靜，盡屬於生焉；屬之謂徒也。故曰生之徒也，十有三。至其死也，十有三具者，皆還而屬之於死，死之徒亦十有三。故曰生之徒，十有三；死之徒，十有三。韓非說止此。然則屬之謂徒，以其屬於生屬於死，計其屬則十有三，謂四肢九竅也。總括人身全體而無不具，故許氏云：體，總十三屬也。此據老子韓非爲說，異於鄉壁虛造者矣。

按：王紹蘭言段玉裁似未知許說所本也，首先訂「二」字當爲「三」字之誤，即「總十三屬也」爲是。再者王氏舉《韓非子・解老篇》之說爲證，言「十三屬」者乃「四肢與九竅」，亦即手足四肢和耳、目、口、鼻、排尿口和肛門等九竅，其總括人身全體而無不具，故許慎云：「體，總十三屬也」。然則段注卻言十二屬者乃「首之屬三：曰頂曰面曰頤；身之屬三：曰肩曰脊曰尻；手之屬三：曰厷曰臂曰手；足之屬三：曰股曰脛曰足。」且言「合說文全書求之，以十二者統之，皆此十二者所分屬也。」此乃段氏自臆之說。王紹蘭據老子、韓非之說以釋《說文》「體」字，異於段玉裁之鄉壁虛造者矣。

二、旁徵博引，參以己見

王紹蘭《說文段注訂補》內容寫作上的第二特色是資料旁徵博引，並參以作者己見。資料旁徵博引可分爲兩項：一爲旁徵通人、時人之說；一爲博引經書、群書等古籍。且王紹蘭在旁徵博引後，常下案語以抒發己見。此項特色可由第二章第三節《說文段注訂補》寫作方法和體例中得知，故筆者不再一一舉例說明，今僅詳舉其條目如下：

1. 旁徵通人、時人之說

王紹蘭《說文段注訂補》一書中明引通人、時人之說者有：王炎、謝金圃、丁希曾、何郊海、曹憲、陳藏器、王念孫、王引之、吳穎芳、鈕樹玉、姚文田、嚴可均、程瑤田、孔廣居、席世昌、惠士奇、盧文弨、錢大昕、錢坫、王煦、邵瑛、江聲、臧琳等等，共二十三人之說〔註8〕。綜觀以上二十三人，於清代之小學史或中

〔註8〕此二十三人之說於王紹蘭《說文段注訂補》一書中，除王炎、謝金圃、丁希曾和何郊海四人外，其餘之人皆有其著作，且其說亦皆出於其著作中，故筆者前於「寫作體例」一節中，將其列於「引群書例」一項，然此處只單純言有這些人之見，非關

國文學史上，皆嘗著書論述，可說具有一席之地。而王紹蘭旁徵此些人之說，舉其精要，以訂補《說文》段注，如此王書亦可謂是集時人之見之精要者也。

2. 博引經書、群書等古籍

a. 博引經書者有：《周易》、《尚書》、《詩經》、《周禮》、《儀禮》、《禮記》（小戴禮記）、〈夏小正〉（大戴禮記）、《左傳》、《公羊傳》、《穀梁傳》、《論語》、《孝經》、《爾雅》、《孟子》、《爾雅正義》、《韓詩外傳》等十六部經書。

b. 博引群書者有：

（a）經部之屬

《說文理董》、《周秦名字解故》、《經義述聞》、《說文校議》、《通藝錄》、《經義雜記》、《六書說》、《尚書集注音疏》、《文字指歸》、《讀說文記》、《說文解字群經正字》、《說文五翼》、《說文疑疑》、《說文校錄》、《說文解字斠詮》、《禮說》、《經典釋文考證》、《眾經音義》、《釋文》、《字書》、《字林》、《字統》、《埤蒼》、《文字音義》、《六書故》、《六書正譌》、《大徐本―說文解字》、《小徐本―說文繫傳》、《玉篇》、《類篇》、《集韻》、《廣韻》、《韵會》、《廣雅》、《廣雅疏證》、《釋名》、《古文四聲韻》、《汗簡》、《甘祿字書》、《周禮疑義舉要》、《方言》、《春秋繁露》、《鄉黨圖考》。

（b）史部之屬

《史記》、《漢書》、《後漢書》、《戰國策》、《國語》、《水經》、《山海經》。

（c）子部之屬

《淮南子》、《老子》、《莊子》、《荀子》、《韓非子》、《管子》、《列子》、《墨子》、《晏子春秋》、《呂氏春秋》、《法言》、《說苑》、《白虎通》、《風俗通》、《齊民要術》、《太元經》、《素問》、《本艸》、《唐本艸注》、《本艸拾遺》、《太平御覽》、《初學記》、《藝文類聚》、《北堂書鈔》、《酉陽雜俎》、《白帖》。

（d）集部之屬

《楚辭》、《文選》、《潛研堂文集》、《讀書脞錄》、《龍城札記》。

由以上所舉條目可知，不管是「旁徵通人、時人之說」，抑或「博引經書、群書等古籍」，都可說明王紹蘭實為一飽學多聞之士，而《說文段注訂補》更可說是一蒐羅廣博、內容豐富之書，值得一讀也。

三、與王筠《說文釋例》相發明

王筠（1784～1854 年）字貫山，號菉友，山東安丘人，道光元年（1821）舉人，

分類之問題，另外亦可參見本論文頁 78 之論述。

爲清代《說文》四大家之一，著有《說文繫傳校錄》三十卷、《說文釋例》二十卷、《文字蒙求》四卷、《說文句讀》三十卷等書。其與王紹蘭（1760～1835 年）可謂同一時人，兩人對《說文》和段注的整理研究，是否有其共通之處，筆者以下將就此問題做一探析。

潘祖蔭〈說文段注訂補序〉中有云：「至于融毋全書，如謂凡某某之屬皆從某，非廑指本部而言，它部有從某字者，皆於此部凡某眂之之類，尤爲讀鄦書者開大法門，與王筠《說文釋例》相發明。」潘祖蔭此篇序作於光緒十四年八月，但其早在同治四年五月已爲《說文釋例》作序，序中有論王筠《說文釋例》和《說文句讀》二書之言，其云：「君之學積精全在釋例，標舉分別，疏通證明，能啓淆長未傳奧旨。句讀則博采愼擇，持平心，求實義，絕去支離破碎之說。」其對於王筠此二書讚譽有加。然王紹蘭《說文段注訂補》成書早於王筠《說文釋例》編成之前〔註 9〕，而潘祖蔭言《說文段注訂補》和《說文釋例》二書相發明，究竟是指哪一方面而言，筆者認爲應可從「體例」和「寫作」上做說明。

（一）在體例上

在王筠撰《說文釋例》之前，段玉裁《說文解字注》早已刊行，段注中對《說文》體例多所闡發，但限制於其隨字注釋的撰述方式，因而未能做到提綱挈領，條分縷析，也不夠周詳完備。有鑑於此，王筠遂有《說文釋例》之作。其在《說文釋例》自序中有言：

> 段氏書體大思精，所謂通例，又前人所未知；惟是武斷支離，時或不免，則其蔽也。

其後又言：

> 於古人制作之意，許君著書之體，千餘年傳寫變亂之故，鼎臣以私意竄改之謬，犁然辨晳，具於匈中，爰始條分縷析，爲之疏通其意，體例所拘，無由沿襲前人，爲吾一家之言而已。

由以上王筠所言即可得知其著書旨趣。

至於王紹蘭對於《說文》體例的說明，於書中並未詳言，只可從其訂補《說文》段注的內容中，歸納一二，今舉例說明如下，並和王筠做一扼要比較：

1. 歸字例

王紹蘭認爲「凡某之屬皆從某」亦爲《說文》九千三百五十三字之歸字方法。《說

〔註 9〕《說文釋例》編成於清道光十七年（1837），刊刻於道光二十四年（1844），而王紹蘭卒於道光十五年（1835），故筆者言《說文段注訂補》成書早於《說文釋例》。

文》說解中凡言「從某」者，皆可加以統屬，使字各有所歸。如其於卷一，頁4下，「一」字，「凡一之屬皆從一」條中嘗云〔註10〕：

> 又按全書言凡某之屬皆從某，非僅指本部而言，它部有從某字者，皆於此部凡某該之。如一部元天丕吏之從一，自不待言。若帝下云：古文諸上字，皆從一。王下云：孔子曰，一貫三爲王。｜即一之豎，故云一貫三。士，事也，數始於一，終於十，從一從十，孔子曰，推一合十爲士。韻會所引如此，玉篇同。屮，難也。象艸木之初生，屯然而難。從中貫一，一者地也。嚻，藏也。從𡳿在茻中，一其中所以薦之。……以上諸一字，皆一之屬，皆從道立於一之一，故云：凡一之屬皆從一。舉此一隅，其餘五百三十九部，皆可以此推之。

又其於卷十四，頁15上，「亥」字，「凡亥之屬皆從亥」條中亦云：

> 補曰：亥部無屬，而云凡亥之屬，知許例不專指本部也。艸部荄，艸根也，从艸亥聲。口部咳，小兒笑也，从口亥聲。言部該，軍中約也，从言亥聲。殳部毅，毅改，大剛卯也，以逐精魅，从殳亥聲。骨部骸，脛骨也，从骨亥聲。肉部胲，足大指毛也，从肉亥聲。刀部刻，鏤也，从刀亥聲。木部核，蠻夷以木皮爲篋，壯如簽尊，从木亥聲。邑部郂，陳留鄉，从邑亥聲。日部晐，兼晐也，从日亥聲。疒部痎，二日一發瘧，从疒亥聲。人部侅，奇侅非常也，从人亥聲。欠部欬，屰气也，从欠亥聲。頁部頦，醜也，从頁亥聲。馬部駭，驚也，从馬亥聲。心部侅，苦也，从心亥聲。門部閡，外閉也，从門亥聲。土部垓，兼垓八極也，从土亥聲。力部劾，法有辠也，从力亥聲。𨸏部陔，階次也，从𨸏亥聲。此皆从亥得聲之字，皆亥所屬。故云：凡亥之屬皆从亥。前於一部，已詳說之，茲於亥部，復申明之，以見凡某之屬皆从某，不專指本部而言。始一終亥，文同一例，其餘五百三十八部，皆可類推矣。

王紹蘭此「全書言凡某之屬皆從某，非僅指本部而言，它部有從某字者，皆於此部凡某該之。」之說，其實已將許慎「凡某之屬皆從某」的觀念，推展至《說文》九千三百五十三個字，他把書中各個「從某」的字相系聯，不管是「據形系聯」（如上例從一之字），或者是「據聲系聯」（如上例從亥得聲之字），也不管是本部或者它部，通通加以系聯爲「凡某之屬」來統屬。

而王筠對於「凡某之屬皆從某」亦有其看法，其在《說文句讀》一書中「凡一

〔註10〕按王氏所舉「從一」之例繁多，全文請詳參附錄二。

之屬皆從一」下云：

> 指他部而言，從一而不隸一部者，如正字從一，則止爲主，一爲從。
>
> 旦字從一，則假借之義也。從一聲者更無論矣，五百四十部竝放此。

王筠此說乃言《說文》「凡某之屬皆從某」者，除本部首字外，應擴及他部字，他部字有從某者，亦應統屬於此部，其舉正字與旦字做說明，「正字從一，則止爲主，一爲從。旦字從一，則爲假借之義也。」另外，王筠舉出「從一聲者更無論矣」，表示其亦認爲「從某聲」者也應加以統屬，如此歸字方能完備，使字皆有其統屬之部首，最後更指出《說文》五百四十部都是依這個方法進行歸字的。

綜觀王紹蘭和王筠二家「凡某之屬皆從某」的觀點，實可謂「英雄所見略同」，其皆認爲「凡某之屬皆從某」不應專指本部，應擴及他部而言，且不管「從某形」或者「從某聲」，都應加以統屬歸納，如此《說文》的歸字方能完善，而這或許就是潘祖蔭所指的「相發明」之處。

2. 部次例

王氏對於五百四十部首「部次」的見解，於書中亦有一論說，即卷五，頁9上，「箇」字，「竹枚也，从竹固聲」和「个」字，「箇或作个，半竹也」條中云：

> 訂曰：……且說文部首之例，凡疊兩字爲一字者，必先列所疊之字於前，而以疊之者次之。如王下次以珏部，口下次以吅部之類是也。如說文果有个字爲半竹，則是先有个字，而後疊爲竹字。自當立个部於竹部之前，而以箇字附於个下，云或從竹固聲，乃合全書之例。不應有个字而不列於竹部之前，使後人不知竹字所疊者爲何字也。而說文竹部之前無个部，則本無个字可矣。……

王紹蘭對於部次之說如上例所言，認爲「說文部首之例，凡疊兩字爲一字者，必先列所疊之字於前，而以疊之者次之。」如《說文》五百四十部中，王部下次以珏部，口部下次以吅部之類是也。故其據《說文》部次例以證《說文》竹部之前無个部，則本無个字可也。

至於王筠對於《說文》五百四十部首之部次，認爲大抵以義爲屬，以形相系，較王紹蘭之說更爲深入明確，如其在《說文釋例》卷九列文次弟下云：

> 敘曰：同條牽屬，共理相貫。此謂五百四十部之大體，以義相屬也。
>
> 又曰：雜而不越，據形系聯。此謂五百四十部之小體，以形相屬也。

又王筠書《說文部首表校正》後云〔註11〕：

〔註11〕見《說文解字詁林正補合編》1，頁 1017。

許君敘曰：同條牽屬，共理相貫，此謂以義相次也。又曰：雜而不越，據形系聯，此謂以形相次也。二者爲部首之大例。

綜觀王紹蘭與王筠二家「部次」之說，亦有異曲同工之妙。王筠言《說文》部次大體以義相屬，以形相次。王紹蘭言《說文》如果有个字爲半竹，則是先有个字，而後疊爲竹字，故自當立个部於竹部之前爲是。二者此部次說亦可謂「相發明」矣。

（二）在寫作上

至於在「寫作」上，王紹蘭與王筠皆嘗以《說文》來證《說文》，且運用金石文字做說明，此點亦可言「相發明」也。

1. 以《說文》來證《說文》

王筠《說文釋例》一書乃是以闡述《說文》體例爲寫作內容，其需以《說文》的說解來求證《說文》的體例，如此才能將《說文》體例做一分析整理，故以《說文》證《說文》的寫作方式勢所必然。余國慶《說文學導論》即云〔註12〕：「《說文釋例》著眼於說明『六書』和歸納《說文》的體例，以《說文》證《說文》，是研究《說文解字》的重要參考書。」以《說文》證《說文》如此方可分析而得其條理矣。

王紹蘭《說文段注訂補》一書亦嘗使用此「以《說文》證《說文》」的寫作方式，如卷一，頁71上，「萆」字，「雨衣，一曰蓑衣」條：

補曰：衣部：蓑，艸雨衣，秦謂之萆。此可以說文證說文者。

按：王紹蘭此以《說文》「蓑」字解說：「艸雨衣，秦謂之萆。」以證《說文》「萆」字，亦用「以《說文》證《說文》」的寫作方式。

2. 運用金石文字做說明

清初治《說文》者，順應金文著錄傳拓之風行，已逐漸導入說文學中。段玉裁作《說文解字注》，於書中共引金文九條〔註13〕，已開風氣之先。而王紹蘭與王筠二人，亦受段注與此金文著錄傳拓風氣之影響，於書中已運用金石文字做說明。如王紹蘭《說文段注訂補》中運用金石文字做說明者約有十五處〔註14〕；而王筠《文字蒙求》引金文十五條、《說文釋例》引用者約一百五十處，《說文句讀》引金文一百五十五條，故言王筠合金文學於《說文》，開風氣之先，當無庸置疑也〔註15〕。

〔註12〕見《說文學導論》，頁132。

〔註13〕見沈寶春《王筠之金文學研究》，台灣大學博士論文，1990年，頁34。

〔註14〕此十五處爲：𤬐、甶、舲、迠、羍、𣦘、汲、𤔲、𦌖、受、啻、舂、𤔔、戉、亥等字，王紹蘭訂補這些字時即運用金石款識等古文字做說明。

〔註15〕關於王筠以金文治說文之學，詳參宋師建華《王筠說文學探微》，文化大學博士論文，

　　由以上「體例」和「寫作」兩方面之論述中可得知，王紹蘭《說文段注訂補》一書和王筠《說文釋例》、《說文句讀》二書之間，在某些觀念上（如歸字和部次）可說是有相同之處。再者二人又身處於同一時代和環境中，對《說文》和段注的研究亦頗有心得，故潘祖蔭在閱讀過兩人之書後，乃下一評語，言王紹蘭與王筠二人之說相發明也。

第三節　王氏撰《說文段注訂補》的態度

　　在探析過王紹蘭訂補段玉裁《說文解字注》的原因和《說文段注訂補》一書內容寫作上的特色後，筆者接著將要討論的是王紹蘭在撰寫《說文段注訂補》一書時，所秉持的寫作態度是什麼，其所秉持的寫作態度是否會影響《說文段注訂補》一書存在的意義與價值，筆者將從以下五個方面做探討。

一、富有懷疑和求證的精神

　　王紹蘭在撰寫《說文段注訂補》時，常有懷疑和求證的精神，他發現如果古籍或段注有誤，就一一加以指出其誤者之處，並且明確舉出證據以訂正或補充說明古籍或段注之誤。如果認為古籍或段注之說令人生疑，但又無明確直接的證據可證，他就以「疑」字行文，並試著找出錯誤之處或答案。另外，古籍之說若與許說不甚符合，他就言「合」幾、「不合」幾，以明白異說。今即舉其例字說明如下：

1. 「誤」幾（言共有幾誤）：

　　如以下七字中所舉：

　　a. 卷一，頁49下，「溝」字，「夫渠根」條下言：誤六。

　　b. 卷二，頁1上，「巛」字，「分也」條下言：其誤五也。

　　c. 卷六，頁16下，「桴」字，「棟名」條下言：其誤五也。

　　d. 卷七，頁30下，「糵」字，「禾也」條下言：其誤四也。

　　e. 卷十一上，頁17下，「溫」字，「水出犍為涪，南入黔水」條下言：誤四也。

　　f. 卷十一上，頁31上，「洛」字，「水出左馮翊歸德北夷畍中，東南入渭」條下言：其誤三矣。

　　g. 卷十四，頁7上，「醹」字，「宴私歠也」條下言：其誤八也。

1993 年，頁 24～25。

2. 「證」幾（言共有幾證）：

如以下四字中所舉：

a. 卷一，頁 49 下，「藡」字，「夫渠根」條下言：證五〔註16〕。

b. 卷五，頁 2 上，「箇」字，「竹枚也，从竹固聲」和「个」字，「箇或作个，半竹也」條下言：其證七也。

c. 卷七，頁 20 上，「粢」字，「齊或从次作」條下言：此十二證也〔註17〕。

d. 卷十，頁 26 上，「惹」字，「春秋傳曰：以陳備三惹」條下言：其證五也。

3. 「疑」幾（言共有幾疑）：

王氏言「疑」幾僅有二例：

a. 卷七，頁 20 上，「粢」字，「齊或从次作」條下言：此八疑也。

b. 卷十一上，頁 31 上，「洛」字，「水出左馮翊歸德北夷畍中，東南入渭」條下言：此段說可疑三也。

4. 「合」幾、「不合」幾（言幾則合，幾則不合）：

此僅一例，即卷十一下，頁七下，「灉」字，「河灉水在宋」條，王氏於「訂曰」下言：「……其合三也，水經汳獲二水與許說汳灉二水，其合如此。……不合四也，水經瓠子河與許說汳灉二水，其不合如此。」

由以上王紹蘭所言「誤幾」、「證幾」、「疑幾」、「合幾」和「不合幾」之說可得知，其在撰寫《說文段注訂補》一書時，秉持著實事求是的態度寫作，並富有懷疑和求證的精神。

二、附圖說明，增加讀者具體概念

王紹蘭在訂補《說文》段注時，嘗試使用附圖的方式來解說，如此可以讓人對其所言之物有更具體的形象產生。其使用附圖說明的方式有二：一爲圖附於說解之後；一爲行文之時夾圖於其中說解。今歸納書中所舉之圖共有十一幅，列舉其例如下〔註18〕：

a. 卷一，頁 55，「藡」字末所附之二圖。

b. 卷四，頁 30 上，「腎」字末所附之一圖。

〔註16〕此「五證」言於「其誤五也」中，王氏證「段謂本全根偏」之誤，見卷一頁 53。

〔註17〕此字「補曰」中言：「紹蘭按：王劭八疑十二證，其文久佚，今采臧氏琳、程氏瑤田之說，補之十二證，於臧得十證，於程得二證，適符其數。其八疑合兩家僅得四疑，竊補四條坿錄於後。」

〔註18〕十一幅圖請詳參附錄三，筆者影印列其於後。

c. 卷四，頁 34 下，「肺」字末所附之一圖。

d. 卷四，頁 36 下，「脾」字末所附之一圖。

e. 卷四，頁 38 下，「肝」字末所附之一圖。

f. 卷五，頁 28，「罄」字中所附之三圖。

g. 卷六，頁 22 上，「桴」字末所附之一圖。

h. 卷十，頁 25 上，「心」字末所附之一圖。

三、就事論事，呈現客觀撰作態度

王紹蘭在撰寫《說文段注訂補》時，秉持著就事論事的方式，呈現出客觀的撰作態度。在訂補時，如果認爲段注所言或所改是正確的，他就明言段說或段改爲是；如果認爲段注所言或所改是錯誤的，他也直言段說或段改爲誤，並且舉出明確證據加以訂正；如果段注說的不明白或者根本未注《說文》，而王紹蘭認爲必須加以釐清或說明時，他就以「補曰」的方式補充說明段注未詳或《說文》未明之處；如果認爲段說可疑，他也會說出可疑之處，並試著找出段說錯誤的地方，加以更正此錯誤。凡此種種皆可表現出王紹蘭在撰寫時所秉持就事論事的客觀態度。

今且舉一例以說明之，如卷二，頁 6 下，「)(」字，「从重八，八別也，亦聲」條：

> 注刪八別也亦聲五字，改兵列切爲治小切，云此下刪八別也亦聲五字，會意，治小切二部，楚金云：或本音兆，按此相承古說也。

> 訂曰：八下云：別也，象分別相背之形。)(，从重八，其解爲分，謂別而又別，故偁八別也，覆說从重八之意。下又偁孝經說之別，以證此八別也之別，文義先後相承，則八別也三字斷不得刪。八別雙聲亦疊韻，)(从重八，故云亦聲，謂八亦聲也，則亦聲二字斷不得刪。)(爲形聲字，段乃強刪五字，以遷就其)(即兆字之說，而以爲會意。竊謂許氏不能豫知段氏以兵列切之)(爲治小切之兆，加此八別也亦聲五字大有礙於段說，是許氏之過。若段氏明知許氏以兵列切之)(非治小切之兆，刪此八別也亦聲五字大有害於許書，則是段氏之謬也。至楚金云：或本音兆，此或本即沿廣韵之誤，非別有古說也。段乃以此爲相承古說，是又何邵公所謂甚可閱笑者矣。

> 按：王紹蘭就段玉裁刪「八別也亦聲」五字認爲實大誤也，其舉《說文》八字解云：別也，象分別相背之形，從重八謂別而又別，以此說)(之形、義，故)(偁八別也。其後又偁孝經說之別以證此八別也之別，文義先後

相承，則八別也三字斷不得刪。其次再言八、別二字雙聲亦疊韻，𠔁从重八，故云亦聲，此亦聲乃謂八亦聲也，則亦聲二字又斷不得刪。𠔁為形聲字，段玉裁卻強刪八別也亦聲五字，以遷就其𠔁即兆字之說，而以為𠔁為會意字，又一誤也。王紹蘭更反諷段玉裁刪此八別也亦聲五字之誤，認為許慎不能豫知段玉裁以兵列切之𠔁為治小切之兆，加此八別也亦聲五字，以致於大有礙於段說，這是許慎的過錯。但是，如果段玉裁明明知道許慎以兵列切之𠔁並非治小切之兆，而強刪此八別也亦聲五字，這反而是大有害於《說文》的話，那麼這就是段玉裁的謬誤了。王紹蘭舉此假設，當然是在凸顯段玉裁刪此八別也亦聲五字的謬誤，使人更能瞭解許慎說解𠔁字之本意。至於徐鍇《說文繫傳》云：「或本音兆」，王紹蘭認為此或本即沿《廣韻》之誤，非別有古說也，而段玉裁以為此「或本音兆」是相承古說，則又是令人「閔笑者」也。綜觀王紹蘭以上的論述，實在是深入淺出，句句切題。

四、另下按語，探求《說文》原怡

　　綜觀《說文段注訂補》一書的寫作方法，我們不難發現其最大的寫作特色就是在《說文》或段注後，王紹蘭必言「訂曰」或是「補曰」，且總是在「訂曰」、「補曰」中另下按語，以訂段注之誤或補段注之略，其最終的目的莫過於是想探求《說文》原怡，使《說文》臻於真善之貌。

　　今且舉一例以說明王紹蘭如何透過自己的按語，以訂正段注之誤，並使《說文》回歸原來制字之怡。如卷三，頁32下，「兆」字，「古文𣥂省」條訂曰之內容，因原文繁多，今只舉王紹蘭所言之重要按語，扼要說明如下，至於「𣥂」字和「兆」字全文，請詳參筆者書末所附之「附錄一」。

　　　　訂曰：段氏謂卜部無𣥂、兆字，八部𠔁字即龜兆字，又謂卜部𠔁中多一筆，以別於𠔁，皆非古。紹蘭按：八部𠔁，分也，从重八，八別也亦聲，孝經說曰：故上下有別，是許氏以分也說𠔁之義，从重八說𠔁之形，八別也亦聲說𠔁之聲。又引孝經說：上下有別以證𠔁別異字同聲同義，其解甚明，與龜兆字迥別。吳志虞翻傳，注引翻奏鄭元解尚書違失事曰：分𠔁三苗，𠔁古別字，……又訓北，言北猶別也，蓋虞翻所據尚書本作分𠔁三苗，故云𠔁古別字，謂鄭訓𠔁為北，北猶別，故云：又訓北，言北猶別也，下二句乃駁鄭說。……則虞氏書明作𠔁，段氏乃云：虞翻讀尚書分𠏈為分𠔁，云𠔁古別字，是據誤本裴注為說。……且虞之駁鄭，以其𠔁訓北，則鄭氏

書亦明作𠔃不作北，康成、仲翔皆漢時人，其所見尚書竝作𠔃，斷難以分𠔃三苗爲分北三苗，更難以分𠔃三苗爲分兆三苗，是𠔃當讀兵列切，不當讀治小切明矣。廣韵謂卟出文字指歸，或曹憲作指歸時，偶未徵引說文，或孫愐作廣韵時，偶用指歸，未檢說文，皆著書家所常有之事，安得因其僅引指歸，遂據爲許書無卟、兆之證。……此則孫愐之誤，然其字固作兆不作𠔃，安得因其誤引說文，以俗書治小切之兆，當篆文兵列切之𠔃，遂據爲八部𠔃，即龜兆字之證乎。又謂玉篇卜部之外別爲兆部，是必說文無兆，增此一部曉然。今案玉篇分部原與說文不同，如說文父本在又部，而玉篇別增父部；云本在雲部古文雲，而別增雲部；槀本在品部，而別增槀部；…… 如此十一字，豈亦說文所無，顧氏別增一部乎。其不得據此爲證，抑又明矣。今更有切證者，周禮、釋文於大卜下，大書出三卟二字，注云：音兆，亦作兆。是唐以前舊本大卜經文原作三卟，其字正从卜从兆作卟，與𠔃分之𠔃，形聲皆異。此即說文卟字本於周官之確證，亦即文字指歸本於周官及說文之確證。而釋文云：亦作兆，又即說文兆，古文卟省之確證，其非竄改說文者於卜部增卟爲篆文兆爲古文甚明，其不能混卜部之兆爲八部之𠔃，更甚明矣。況說文之字以兆爲聲者，如珧咷趒逃跳……凡二十六字，其文皆从𠔃，如段所言盡改从𠔃，其形與聲，全書皆紊。而卟兆凶矣；兵列切之𠔃，讀爲治小切之兆，而卟亦凶矣。丁度集韵，溫公類篇，世所傳者，正文注文皆用今體書，其引說文自應作卟𠔃，不作𣥠𠔃，至大小徐則篆文皆作𣥠，古文皆作𠔃，其書具在可覆視也，段謂二徐作𠔃不亦誣乎。類篇載臣光曰：按𠔃兵列切重八也，卟古當作𠔃，言簡而義晐，是爲善讀說文足正廣韵之誤。段乃謂勉強區分由司馬公始，又謂其襲夏竦輩之書，不又僨乎。然則段氏之智，固遠在司馬公之下，學者但據釋文所載大卜之三卟，鄭虞所見尚書之分𠔃，及溫公此說，則二字判然不同，可不煩言而浹也。互詳八部𠔃下。」

按：綜觀王紹蘭以上訂曰內容，詳舉段注之誤，首先言𠔃字之形、音、義與龜兆字完全不同；再言《吳志‧虞翻傳》所載當爲分𠔃三苗，非分北三苗，更別說是分兆三苗；三言《廣韻》和孫愐等偶用曹憲《文字指歸》，未檢《說文》，此乃著書家所常有之事，怎可因其僅引《文字指歸》就說《說文》無卟、兆二字之證；四言《玉篇》分部原與《說文》不同，不可據《玉篇》卜部之外別爲兆部，就說《說文》無兆字也；五言《周官》大卜經文原有「三卟」二字，此即《說文》卟字本於《周官》之確證，

亦即《文字指歸》本於《周官》及《說文》之確證。而《釋文》云：亦作兆，又即《說文》兆，古文㲋省之確證；六言《說文》從兆聲者凡二十六字，其文皆從州，如段所言盡改从州，其形與聲，全書皆紊。而㲋、兆、州三字亡矣；七言丁度《集韻》，溫公《類篇》，世所傳者，正文、注文皆用今體書寫，其引《說文》自應作㲋州，不作㹞州，至徐鍇、徐鉉則篆文皆作㹞，古文皆作州，其書具在可覆視也，段氏謂二徐作州不亦誣乎；八言《類篇》載臣光曰：按州兵列切重八也，㲋古當作州，言簡而義蔽，是爲善讀《說文》足正《廣韻》之誤。段氏乃謂勉強區分由司馬公開始，又謂其襲夏竦輩之書，不又顛倒是非。最後王紹蘭下一結論：段氏之智，固遠在司馬公之下，學者但據《釋文》所載大卜之三㲋，鄭虞所見《尚書》之分州，及溫公此說，則二字判然不同，根本不需煩言也。今觀夏竦《古文四聲韻》兆字下載：「州古孝經州古老子處王庶子碑州說文州同上」別字下載：「兆古孝經州公引竝崔希裕纂古」又郭忠恕《汗簡》古別字作「州」，由此可知兆字與州字，二者字形迥異。再者，嚴章福《說文校議議》州字下云〔註19〕：

公字从重八，當在部末，引孝經說不誤。公爲分別正字，與別義異，上下有別當作公，經典借別爲之，故引此以明假借耳。此校者所漏改也。段氏謂公即今兆字，蓋爲廣韻所誤。王氏紹蘭譔說文段注訂補，力爲之辨，此可不贅。

又㲋字下云〔註20〕：

宋本篆作州，說解作卜州，毛本刊改州作州，改卜州作卜兆，議依改刻。按此以古文爲聲，非象形也。象形二字謂重文州，重文當坿見于說解中，不出篆體，說文原本當作从卜兆聲，兆古文㲋，象形。今此校者據補州篆，移古文㲋三字于州下，又㲋誤作兆，妄補省字，漏移象形二字，更于州下刪聲字，說文之面目全非矣。……段氏謂說文無㲋兆二篆，即八部公，蓋爲廣韻所誤。王氏紹蘭段注訂補已詳言之，此可不贅。

由此可知嚴章福亦贊同王氏之說，故其言「王氏紹蘭段注訂補已詳言之，此可不贅。」此外，宋師建華亦有論及此事之說，其言〔註21〕：

〔註19〕見《說文解字詁林正補合編》2，頁998。
〔註20〕見《說文解字詁林正補合編》3，頁1306。
〔註21〕見第十屆中國文字學全國學術研討會論文集，宋師建華所撰〈論小篆字樣之建構原則—以《段注》本爲例〉一文，頁33。

　　　　然考魏石經洮字作【篆】，其偏旁正作「【篆】」，又碑別字兆字隸變作「𠈇」（魏元端妻馮氏墓誌銘），又變爲「兆」（隋關明墓誌），再演爲兆字，可見《說文》「【篆】」字本與兆字有別，不能混爲一體，段氏之說不可從。

又言〔註22〕：

　　　　關於兆與【篆】字不可混同的意見，王紹蘭《說文段注訂補》辨之已詳，而嚴章福、鈕樹玉等學者也多採王氏之說。以漢隸所見兆字，皆左右似北字，而中間加し作兆，段氏於乖字下說：『乖隸从北，以兆與北形相似也。』而乖字篆文從【篆】，可見【篆】字隸變似北，兆字隸變作兆，二字有別。

宋師建華此處詳考兆字與【篆】字之碑帖、墓誌文字以及漢隸之變，以明二字判然有別，實不可相混。綜觀以上種種王紹蘭、嚴章福與宋師建華等人之舉證，足知段注之說爲謬誤，終使《說文》復歸原本造字之恉。

五、闡發通假現象，釐清古今異字情形

　　古代書籍刊刻不易，經典又屢遭焚燬，故典籍往往需藉由口耳相傳的方式傳授，但因中國字中同音異字的情況甚多，於是便產生了不少同音異義的通假現象以及古今同義異字的演變情形。王紹蘭於書中對於此古籍通假和古今異字的問題，亦頗多討論，如其於書中常言此字爲正字、借字、假借字、古字、今字等詞，皆是論述此類相關問題也。

　　今舉二例說明如下：

a. 卷七，頁三十二下，「䅇」字，「禾也」條：

　　　　訂曰：……史記司馬相如列傳作䅇，鄭德云：䅇，擇也，此正字也。漢書表傳、後漢書紀及續志作導，此假借字也。導於文从寸，寸亦又也，又即手也。凡擇禾擇米，皆須用手，又䅇導同聲，故可假借。……

　　按：王紹蘭此言《史記・司馬相如列傳》作䅇，其文爲「䅇一莖六穗於庖」，此䅇字爲正字；而《漢書》表傳、《後漢書》紀及續志作導，此導字爲假借字。但爲何䅇字假借爲導字呢？王紹蘭亦解釋說，第一是䅇字本義即擇也，而導字於文从寸，寸也就是又也，即現在的手也。凡擇禾、擇米，都須用手從事此工作，故於義可通；第二是䅇、導二字同聲，同聲者多可假借。既然聲同義近，故䅇、導二字可假借也。

b. 卷五，頁一上，「篸」字，「篸差也，从竹參聲」條：

注云〔註23〕：按木部槮，木長兒，引槮差荇菜，蓋物有長有短，則參差不齊，竹木皆然，今人作參差，古則从竹从木也。

訂曰：按齹字解云：齒參齹。縒字解云：參縒也。是差有从齒从糸者，蓋造文之始，參差是其本字，及其孳乳浸多，則加竹、加木、加齒、加糸，惟意所適，變動不居。段令參差字或作篸篸，或作槮槎，或作齹齹，或作縿縒，皆無不可。以是推之，即施手、施山、施水之等，亦無不可。然則先有參，後有篸、槮，故得从參聲。先有差，後有齹、縒，故得从差聲。先者古，後者今，此易知者也。段氏乃云：今人作參差，古則从竹从木，無乃以古爲今，以今謂古歟。

按：段玉裁言「今人作參差，古則从竹从木」，亦即「篸篸」、「槮槎」是古字，而「參差」是今字，但王紹蘭認爲段氏此說爲誤，他認爲「蓋造文之始，參差是其本字，及其孳乳浸多，則加竹、加木、加齒、加糸，惟意所適，變動不居。」故「先有參，後有篸、槮，故得从參聲。先有差，後有齹、縒，故得从差聲。」字先造者爲古字，後造者爲今字，此人所易曉者也。但段氏卻言「今人作參差，古則从竹从木」，因而王氏訂其曰「無乃以古爲今，以今謂古歟」。觀王氏之說，甚合於聖人造字法則，言之有理也。再者，朱駿聲《說文通訓定聲》「篸」字下亦云〔註24〕：

篸差也，从竹參聲。集韻謂與簪同字。按參差雙聲連語，參有不齊意，加竹、加木、加艸、加山皆俗，此字後出，可刪。

朱駿聲此處言「參差」一詞乃雙聲連語，參字有不齊之義，其後加竹、加木、加艸、加山者皆爲俗字，此「篸」字屬後出，故可刪也，其說與王說相合。另外，《詩經·關雎》：「參差荇菜，左右流之。」、《楚詞·九歌》：「吹參差兮誰思。」、《說文》：「簫，參差管樂，象鳳之翼。」又《風俗通·聲音篇》：「謹按尚書舜作簫韶九成，鳳凰來儀，其形參差，像鳳之翼，十管，長一尺。」此古籍皆作「參差」一詞，不作「篸篸」或「槮槎」等詞，亦可推知「參差」是古字，「篸篸」、「槮槎」是今字也，故王氏之說爲是。

由以上筆者所列「富有懷疑和求證的精神」、「附圖說明，增加讀者具體概念」、「就事論事，呈現客觀撰作態度」、「另下按語，探求《說文》原恉」及「闡發通假

〔註23〕按段注原文仍有以下幾句，但王紹蘭卻略而不言，有失其眞，今舉其文於後：「各本差上無篸，此淺人謂爲複舉字而刪之也。集韵：篸差，竹兒，初簪切。又篸，竹長兒，疏簪切。按木部槮（王氏從此句開始引述）……。」

〔註24〕見《說文解字詁林正補合編》4，頁994。

現象，釐清古今異字情形」等五大項王紹蘭撰寫《說文段注訂補》一書時所秉持的態度而言，王氏此書可謂立論清楚確切、論述言簡意賅、態度客觀中肯，故而胡樸安言「爲讀段注者所不可不讀之書」，實言之有理。

第四章　結　論

第一節　王紹蘭的文字學觀

　　經過前三章對於王紹蘭《說文段注訂補》一書的探討與分析，筆者本章將做一結論，說明在研究之後，所得到的收穫與心得。筆者將從「王紹蘭的文字學觀」、「王紹蘭《說文段注訂補》的成就與影響」以及「研究心得與感想」等三方向做說明。

　　關於「王紹蘭的文字學觀」，筆者基本上是以《說文段注訂補》一書中所呈現的文字理論觀點做討論，再者以一些王紹蘭和時人的書信敘跋之作爲參考資料，對王紹蘭的文字學觀做一詮釋說明。在此之外，筆者覺得十分可惜的是王紹蘭《說文集注》一百二十四卷，因人爲因素造成的散佚而至今未能刻印，以致於無法對王紹蘭的文字學觀點和其研究《說文》或段注的成就，做一全面之研究觀照，實可謂憾事之一也。

　　以下筆者將從《說文段注訂補》一書中，王紹蘭較重視的音義、歸字和連讀等問題，分爲「音義觀」、「歸字觀」和「連讀觀」等三項做討論。

一、音義觀

　　王紹蘭的「音義觀」大體而言乃承段玉裁之說，也就是「凡形聲多兼會意」，故王氏於書中時常言及「聲兼義」、「形聲兼會意」、「諧聲兼會意」等名詞。

　　段玉裁認爲文字的形音義三方面是互相關聯的，要研究《說文》，必須形音義三者互相求，如此才可得《說文》要恉。他在《廣雅疏證序》中即指出〔註1〕：

〔註 1〕見王念孫《廣雅疏證》，段玉裁之序中所言。

　　　　小學有形、有音、有義，三者互相求，舉一可得其二。有古形、有今
　　形；有古音、有今音；有古義、有今義，六者互相求，舉一可得其五。聖
　　人之制字，有義而後有音，有音而後有形。學者之考字，因形以得其音，
　　因音以得其義。治經莫重於得義，得義莫切於得音。

因此，段氏在注《說文》中，特別注意音與形義的關係。他更提出了「聲義同源」
的說法，構成其「因聲求義」、「音近義通」的學說理論，故其於注中常言「凡字之
義，必得諸字之聲」、「凡同聲多同義」、「凡从某聲，多有某義」、「凡形聲多兼會意」
等說。

　　而王紹蘭即承段說，提出其對字音與字義的觀點，如王引之〈王南陔中丞困學
說文圖跋〉一文中即有言〔註2〕：

　　　　南陔語引之曰：小學之要在訓詁，訓詁之要在聲音。知字而不知聲，
　　訓詁或幾乎隱矣。此無他，聲之中有意也。善學說文者，觀字之龤聲而得
　　其意，引之曰：謹受教矣。又曰：欲求古音，舍説文之龤聲讀若奚以哉。
　　其古音同部相龤而同讀者，音之正也；古音異部相龤而同讀者，音之轉也。
　　善學説文者，觀其龤聲讀若，而古音之同類與其不同類而類相近者，皆可
　　以得之。引之曰：謹受教矣。又曰：許氏曰：字者孳也，言孳乳而浸多也。
　　倉頡以來，書契之用廣矣，形聲相益，豈有定數哉。説文之爲書，非以盡
　　天下之字，而爲不可增減之書。乃舉其大凡以爲例，使雖有古字不在此者，
　　皆可以類求之。故善學説文者，心通其意，而不泥于其跡也。引之曰：謹
　　受教矣。退而取五百四十部之文讀之，脗乎其若有合也。既而歎曰：由南
　　陔之言以治説文，則聲音文字訓詁一以貫之；不由乎南陔之言，則龤聲讀
　　若與訓之生於聲者，舉不可見矣。雖有字，吾得而識諸。南陔方爲困學説
　　文圖以自勵，乃爲述其意如此。

　　按：王紹蘭此言善學《說文》者有三事：一爲「觀字之龤聲而得其意」；二爲
　　　　「觀其龤聲讀若，而古音之同類與其不同類而類相近者，皆可以得之」；
　　　　三爲「心通其意，而不泥于其跡也」。由此三事以治《說文》，則聲音、
　　　　文字、訓詁可一以貫之；不由此則龤聲、讀若與訓之生於聲者，舉不可
　　　　見矣。

　　綜觀王紹蘭此處所言三事，第一事乃言小學之首要在訓詁，而訓詁由聲音以得，
聲音則由文字以求；換言之，從字形得字音，從字音求字義，則小學明矣，故「觀

字之龤聲而得其意」。第二事乃言欲求古音須從《說文》之龤聲、讀若著手。古音同部相龤而同讀者，音之正也；古音異部相龤而同讀者，音之轉也。所以「觀其龤聲、讀若，而古音之同類與其不同類而類相近者，皆可以得之」。第三事乃言形聲相益，沒有定數，且《說文》非以盡天下之字，而爲不可增減之書。所以《說文》只舉其大凡以爲例，雖有古字不在此者，皆可以類求之。故善學說文者須「心通其意，而不泥于其跡也」。

　　基於以上三事，其《說文段注訂補》中故常有「聲轉」、「聲之轉」、「一聲之轉」、「聲兼義」、「形聲兼會意」、「諧聲兼會意」、「讀若」、「讀如」、「讀與某同」等名詞出現。筆者前於「寫作體例」中已言及，今僅舉二例以做說明：

a. 卷一，頁 72 上，「莝」字，「斬芻」條：

　　補曰：詩小雅鴛鴦篇：乘馬在廐，摧之秣之。毛傳云：摧，莝也。鄭
　箋云：摧，今莝字也。古者明王所乘之馬繫於廐，無事則委之以莝，有事
　乃予之穀，言愛國用也。漢書尹翁歸傳：豪彊有論罪，輸掌畜官，使斫莝。
　金部銼，莝斫刀也。蓋銼本斬芻刀，莝則用銼斬之也。

又卷一，頁 72 下，「莝」字，「從艸坐聲」條：

　　補曰：摧莝聲之轉。手部挫，摧也，從手坐聲。摧，擠也，從手崔聲。
　故小雅以摧爲莝，今莝者或坐銼柄以斬芻，故莝從坐得聲矣。

　　按：王紹蘭言摧、莝二字聲之轉，今考「摧」字段注云：昨回切，十五部，
　　屬從母脂韻；「莝」字段注云：麤臥切，十七部，屬清母歌韻。因此，在
　　聲方面，摧莝二字爲「旁紐雙聲」；在韻方面，摧莝二字屬「旁轉」。再
　　者，今考「崔」、「坐」二字之聲韻關係以證王氏之說，「崔」字段注云：
　　昨回切，十五部，屬從母脂韻；「坐」字段注云：徂臥切，十七部，屬從
　　母歌韻。因此，在聲方面，崔坐二字爲「雙聲」字；在韻方面，崔坐二
　　字屬「旁轉」，故王氏乃言「摧莝聲之轉」，謂摧、莝二字古音相近可通
　　轉也。

b. 卷七，頁 47 上，「宀」字，「從宀久聲」條：

　　補曰：宀者家也，家道窮必乖久於貧也，遭家不造，久於病也，形聲
　兼會意。

　　按：《說文》「㝱」字解云：貧病也。而「從宀久聲」，段注云：「室如縣磬之
　　意，居又切，古音在一部。」王紹蘭補曰說：「家道窮必乖久於貧也，遭
　　家不造，久於病也，形聲兼會意。」此言人若窮困許久，必乃室如縣磬、
　　久於貧病，所以王氏言此㝱字乃形聲兼會意。

由以上王氏諸說，可發現其對音義之觀點乃承襲段玉裁之見，認爲可「因聲求義」，所以須從字形得字音，從字音求字義。再者今人欲求古音須從《說文》之龤聲和讀若著手，如此方可得之。另外，其亦認爲形聲相益，沒有定數，且《說文》非以盡天下之字，而爲不可增減之書。故其言〔註3〕：「凡形聲之字多兼會意，《說文》此類粿矣，補之不可勝補。」所以《說文》只舉其大凡以爲例，雖有古字不在此者，皆可以類求之。此種透過「形聲相益」、不拘泥於《說文》的方式來言文字發展的觀點，實可謂眞知灼見。

二、歸字觀

此「歸字觀」乃言王紹蘭對於《說文》九千三百五十三字的歸納方式，此歸納方式，潘祖蔭言與王筠《說文釋例》相發明，關於此「相發明」一事，筆者前文已曾論及，今不再贅述。筆者此處只就王紹蘭的歸字觀點做說明。

王紹蘭提出此「凡某之屬皆從某」除爲《說文》五百四十部首設立的原則外，亦爲《說文》九千三百五十三字的歸字方法。他在卷一，頁4下，「一」字，「凡一之屬皆從一」條中有云：

> 又按全書言凡某之屬皆從某，非僅指本部而言，它部有從某字者，皆於此部凡某該之。如一部元天丕吏之從一，自不待言。若帝下云：古文諸上字，皆從一。王下云：孔子曰，一貫三爲王。丨即一之豎，故云一貫三。士，事也，數始於一，終於十，從一從十，孔子曰，推一合十爲士。韻會所引如此，玉篇同。屯，難也。象艸木之初生，屯然而難。從屮貫一，一者地也。冓，藏也。從𠃊在耑中，一其中所以薦之。……以上諸一字，皆一之屬，皆從道立於一之一，故云：凡一之屬皆從一。舉此一隅，其餘五百三十九部，皆可以此推之。

又他在卷十四，頁15上，「亥」字，「凡亥之屬皆從亥」條中亦云：

> 補曰：亥部無屬，而云凡亥之屬，知許例不專指本部也。艸部荄，艸根也，從艸亥聲。口部咳，小兒笑也，從口亥聲。言部該，軍中約也，從言亥聲。殳部𣪊，𣪊改，大剛卯也，以逐精魅，從殳亥聲。骨部骸，脛骨也，從骨亥聲。……此皆從亥得聲之字，皆亥所屬。故云：凡亥之屬皆從亥。前於一部，已詳說之，茲於亥部，復申明之，以見凡某之屬皆從某，不專指本部而言。始一終亥，文同一例，其餘五百三十八部，皆可類推矣。

〔註3〕見《說文段注訂補》，卷十，頁26上，「悫」字，「从心客聲」條，王氏訂曰內容中所言。

王紹蘭將「凡某之屬皆從某」的觀念，推展至《說文》九千三百五十三個字，而打破只在本部首內做分類歸字的現象，他把書中各個「從某」的字相系聯，不管是「據形系聯」（如上例從一之字），或者是「據聲系聯」（如上例從亥得聲之字），也不管是本部或者它部，通通加以系聯為「凡某之屬」來統屬。對於《說文》全書九千三百五十三字的歸納，實具一己之見。

　　一般文字學者（如段玉裁）皆認為此「凡某之屬皆從某」應就本部首內之字而言，因此講求分部、入部、部序、列字等原則，且說之甚明，但卻甚少言及《說文》九千三百五十三字除了依部首做分類歸字外，是否有另一方式可以較言簡意賅而使《說文》全書之字有所統屬。王氏此「全書言凡某之屬皆從某，非僅指本部而言，它部有從某字者，皆於此部凡某該之。」之說及「據形系聯」和「據聲系聯」此二方法，正足以提供此一方式使《說文》全書之字有簡單而明確的歸納。

　　但不可諱言，王氏此說有許多缺點，如他只注重「從某」的觀念，而忽略了許慎獨創「部首」的意義。其次，他以「從某」的方式歸納後，「從某」與「從某」之間是否有其相關性，他亦無任何解說。又「從某」與「從某」之間的排列順序為何，他也沒有提出任何意見。再者，「從某」之下的字，究竟該如何列其順序，更是無從解釋。凡此種種皆為王紹蘭此「全書言凡某之屬皆從某，非僅指本部而言，它部有從某字者，皆於此部凡某該之。」之說所該設想之處。但不管如何，王氏的確勇敢地提出了自己一個較簡單容易的歸字方式，即使有許多缺點，但卻也使《說文》九千三百五十三個字可以有所統屬，所以也可說是值得令人佩服的。

三、連讀觀

　　此「連讀觀」即王紹蘭於書中所謂「二字連讀」、「三字連讀」、「篆解三字連讀」等觀點，意指《說文》應幾字讀為一句方為正確之句讀。筆者前於「寫作體例」中亦已言及，但筆者此處所要探討的是王紹蘭所謂「篆解三字連讀」，其實就是段玉裁於《說文解字注》中提到的「複舉篆文」或言「複舉字」之例，究竟二人所言是否相同，筆者將分別舉例說明如後，以見其異同。

　　王紹蘭「篆解三字連讀」之例於書中共出現四次，且王氏有詳盡之說明，其例如下：

　　a. 卷一，頁31上，「中」字，「和也」條：

　　　　訂曰：此段氏不善讀說文也。中和也，三字當連篆作一句讀，謂此中字即中和之中，非解中為和；猶威姑也，謂此威字即威姑之威，非解威為姑；薁禾也，謂此薁字即薁禾之薁，非解薁為禾，皆其例也。說文此類多矣

中之意所包者，廣內不足以盡之。中對上下言，上之下，下之上爲中；中對前後言，前之後，後之前爲中；中對左右言，左之右，右之左爲中，是中爲絜矩之道。故中對外內言，外之內，內之外爲中，言內不足該中，言中即足以該內，是內不得爲中之訓明矣。……

b. 卷四，頁3下，「乖」字，「戾也」條：

補曰：戾字解云：曲也，从犬出戶下，戾者身曲也。狀戾也，三字連讀，狀經典通作乖。周易序卦曰：家道窮必乖，故受之以睽，睽者乖也。

楚詞七諫：吾獨乖剌而無當兮，王逸注曰：乖差也，剌邪也，乖剌猶乖戾，剌戾一聲之轉。狀从羊角而分川於丫，戾从犬身而下曲於戶，宜其睽，狀剌戾而無當矣。……

c. 卷七，頁三十一上，「葉」字，「禾也」條：

訂曰：案：葉禾也，當連篆文三字讀爲一句。葉禾猶言擇禾，許非解葉爲禾也。說文有篆解連讀之例，如丨部，中和也，謂中即中和之中，若解中爲和，則禾下謂之中和爲和和。中庸：致中和爲致和和矣。女部，威姑也，謂威即威姑之威，威姑即君姑，若解威爲姑，則下引漢律：婦告威姑爲婦告姑姑矣。氏部，歫臥也，謂歫即隱几之隱，若解歫爲臥，則孟子：隱几而臥爲臥几而臥，莊子：隱几而坐爲臥几而坐矣。土部，坫屛也，謂坫即坫屛之坫，若解坫爲屛，則明堂位：崇坫爲疏屛，論語：反坫爲樹塞門矣。……此葉禾也正是其例，連篆讀之，固自文從義順，段氏乃增一葉字，反謂淺人槩以複字而刪，是不知許例本如此，其誤一也。……

d. 卷十二，頁17下，「戚」字，「戉也」條：

補曰：戚戉也，三字連讀，如中和也、葉禾也、威姑也之例。戚戉二物，許謂此戚即戚戉之戚，非解戚作戉，爲一物也。……

按：以上王紹蘭所舉四例，皆言篆文與說解應三字讀爲一句，如「中和也」、「威姑也」、「乖戾也」、「葉禾也」、「戚戉也」……，如此方合字義。其言「此段氏不善讀說文也」，是否段玉裁眞如王氏所言不知此「篆解三字連讀」爲許愼《說文解字》本有之例，而全部誤讀呢？經筆者研究後發現，此「篆解三字連讀」之例，其實段玉裁亦知，不過段玉裁並不稱「篆解三字連讀」，其乃稱「複舉篆文」，或言「複舉字」也。

《說文》的說解，有時會用隸書複舉篆文之字爲訓，此乃《說文》說解方式中之一例。但後人或許沒有注意到許愼這個說解方式，而以爲是贅衍之字所以把它給刪去，其實這是錯的。然而段玉裁早已發現此錯誤，其於《說文解字注》中屢次提

及，其稱此情況爲「複舉篆文」，或言「複舉字」。今舉例說明如下：

a. 一篇上玉部「靈：巫也，以玉事神，从王靁聲。」段氏注曰：

　　各本巫上有靈字，乃複舉篆文之未刪者也。許君原書篆文之下，以隸複寫其字，後人刪之時有未盡，此因巫下脱也字，以靈巫爲句，失之，今補也字。……

b. 一篇下艸部「莧：莧菜也，从艸見聲」段氏注曰：

　　菜上莧字乃複寫隸字刪之僅存者也。尋説文之例，云芙菜、葵菜、菹菜、蘆菜、薇菜、雚菜、莥菜、釀菜、莧菜，以釋篆文。𦬣者字形，葵菜也者字義。如水部𣲏者字形，河水也者字義，若云此篆文是葵菜也，此篆文是河水也，躲以爲複字而刪之，此不學之過。周易音義引宋衷云：莧，莧菜也。此可以證矣。……

c. 一篇下艸部「蒻：艸也，枝枝相值，葉葉相當，从艸易聲」段氏注曰：

　　也字各本無，今補。按説文凡艸名篆文之下，皆複舉篆文某字，曰某艸也。如葵篆下必云葵菜也。蓋篆下必云蓋艸也。篆文者其形，説解者其義，以義釋形，故説文爲小學家言形之書也。淺人不知，則盡以爲贅而刪之，不知葵菜也，蓋艸也，河水也，江水也，皆三字句，首字不逗，今雖未復其舊，爲舉其例於此。……

d. 五篇上竹部「篸：篸差也，从竹參聲」段氏注曰：

　　各本差上無篸，此淺人謂爲複舉字而刪之也。集韵：篸差，竹皃，初簪切。又篸，竹長皃，疏簪切。按木部槮，木長怐，引槮差荇菜，蓋物有長有短，則參差不齊，竹木皆然，今人作參差，古則从竹从木也。

　e. 五篇下京部「就：就，高也，从京尤，尤異於凡也。」段氏於「就」字下注曰：

　　此複舉字之未刪者。

　按：段玉裁以上五字注中所舉之字例與説明即王紹蘭所謂「篆解三字連讀」之意，段氏言葵菜也，蓋艸也，河水也，江水也，……皆三字句，首字不逗，且明言篆文者其形，説解者其義，以義釋形，故説文爲小學家言形之書也。由此更可説明段玉裁所謂「複舉篆文」或言「複舉字」，與王紹蘭所謂「篆解三字連讀」，二家之説同指一事，但段、王二氏立論觀點有所不同，段氏以爲本有複舉之隸字於解説之上；而王氏以爲解説應連上篆讀之。故段氏言因「淺人不知，則盡以爲贅而刪之」，所以「今雖未復其舊，爲舉其例於此」，也因爲如此，才造成後人（包括段玉裁本人）

讀《說文》句讀上的錯誤。

另一方面而言，不管是段玉裁之「複舉篆文」或言「複舉字」使《說文》回復其舊，或者是王紹蘭以「篆解三字連讀」之「變例」處理《說文》的體例，以此二家之說相互驗證，正可以令《說文》臻於眞善之貌〔註4〕，不也是一件「相發明」之好事。

綜觀以上王紹蘭之「音義觀」、「歸字觀」和「連讀觀」，大體而言，音義之說乃承襲段玉裁之見，主張「聲兼義」之理論，故須從字形得字音，從字音求字義。又歸字之說爲王氏簡明扼要之歸字方式，雖有許多缺點，但仍是王紹蘭之獨見，實屬難能可貴。而連讀之說亦與段玉裁之見相符，爲句讀上之問題，雖二者異名但同指一事，可謂相發明也。

第二節　王紹蘭《說文段注訂補》的成就與影響

在討論過王紹蘭的文字學觀之後，筆者接著要說明的是《說文段注訂補》一書的成就與影響，將分「援引精博，有利訓詁考據」、「訂正與補充，使《說文》和段注臻於眞善」以及「運用金石文字做說明」等三方面探討，以瞭解王紹蘭《說文段注訂補》一書有何成就，於《說文》學上是否有其存在之價值，且對於後世研究《說文》之學者，有何影響，筆者將就此問題做一詮釋和說明。

一、援引精博，有利訓詁考據

王紹蘭嘗言「小學之要在訓詁，訓詁之要在聲音。知字而不知聲，訓詁或幾乎隱矣。」由此可見王氏非常注重字形、字音和字義三者之間的關係，認爲三者實密不可分。故其對於段玉裁注《說文解字》的說法十分重視，認爲字形、字音、字義其中之一若釋誤，則字形、字音、字義皆不可通，甚至小學不明矣。因此，他才決定從事訂補《說文》段注的工作。

要訂補《說文》段注並非是一件簡單容易的事，因爲段玉裁《說文解字注》自刊刻後即深獲世人讚賞與推崇，若要再從事訂補段注的工作，第一要務即是發現段注之誤，並有充足直接的證據可證明段說爲誤，否則如果只是個人一家之說，非但不足以使人信服，甚至更可能自暴其短，讓人貽笑大方。也就因爲如此，王紹蘭特

〔註4〕關於此「複舉」或「連讀」之說，可參見鮑國順《段玉裁校改說文之研究》，頁543，「說文篆下呂隸複書其字說之不妄」一項，其詳舉各家之說與例證，以明段氏之說實較有據也。

別注意證據的引用與抉摘。

　　王紹蘭證據的引用與抉摘方式有三：一爲旁徵通人、時人之說；二爲博引經書、群書等古籍；三爲另下按語，參以己見。關於第一種方式旁徵通人、時人之說，《說文段注訂補》一書共引二十三人，計上百條之說。而第二種方式博引經書、群書等古籍，《說文段注訂補》一書更引將近百本古籍，計上千次之資料。至於第三種方式另下按語，參以己見，更是《說文段注訂補》一書的寫作方法和態度，其將所引之證據加以抉摘，然後參以自己的見解，以訂補段注之誤或略。關於以上三種證據引用或抉摘的方式，筆者前文已有分析論及，今不再一一贅述。

　　基於以上之原因，王紹蘭特別重視證據之抉摘引用，故《說文段注訂補》中所稱引論述的資料相當豐富，可以讓後人在從事訓詁、考據等工作時，作爲很好的參考資料使用，也可以使後人在研究《說文》或段注時，能更清楚瞭解許愼制字之本恉。

二、訂正與補充，使《說文》和段注臻於眞善

　　王紹蘭撰寫《說文段注訂補》的原因即：訂者訂段之誤；補者補段之略。既然段注有訛誤之處，就該加以訂正；又既然段注有疏略之處，就應加以補充，此乃後輩所該從事之事，如此方可使段注趨於完備，甚至使《說文》臻於眞善之貌。故王紹蘭撰寫《說文段注訂補》並非想要強調段玉裁注《說文解字》的訛誤與不足，相反的，他想使段注更完備，如此後人對《說文》也才有更清楚正確的認識。

　　至於段玉裁《說文解字注》爲何會出現如此多訛誤和疏略之處，造成後世學者競相批評與匡訂，阮元於《段氏說文注訂序》中有云〔註5〕：

> 　　金壇段懋堂大令，通古今之訓詁，明聲讀之是非，先成《十七部音均表》，又著《說文解字注》十四篇，可謂文字之指歸，肄經之津筏矣。然智者千慮，必有一失，況書成之時，年已七十，精力就衰，不能改正，而校讎之事，又屬之門下士，往往不參檢本書，未免有誤。

阮元的這番話是很公正的評語，因爲智者千慮，必有一失，況且段注書成之時，段氏年已七十，精力就衰，不能改正，而校讎之事，又屬之門下士，其往往不參檢本書，所以未免有錯誤疏略之處，故不能將其過只歸於段玉裁一人也。但其實匡正訂補段氏的人，也都是尊崇段氏的人，其所以做匡正訂補的工作，莫非是想盡個人一己之力，使段注更爲完備，使段注更臻於許書之眞貌，這種學術風氣反而是該值得讚揚的。也因爲如此，王紹蘭《說文段注訂補》才顯其存在之價值與意義。

〔註5〕見《說文解字詁林正補合編》1，頁211。

三、運用金石文字做說明

清初治《說文》之學者，爲順應金文著錄傳拓之風行，已逐漸將此風氣導入《說文》學研究中。段玉裁作《說文解字注》時，於書中即曾引用金石文字資料做說明，雖共計只九條，但實已開風氣之先。而王紹蘭當然亦受段注與此金文著錄傳拓風氣之影響，於書中已運用不少金石文字做說明。筆者歸納《說文段注訂補》中運用金石文字做說明者約有十五處，即：顺、屮、龤、這、罪、❦、泜、❧、❋、受、亯、森、❦、戉、亥等十五字。今舉二例以做說明：

a. 卷三，頁6上，「❦」字，「古文共」條：

   補曰：二徐本古文皆作❦，宋刻大徐本作❦，上體相連，即篆文㐭所從出也，較今本爲長。薛氏款識齊侯鎛鐘銘：敬共辝命，共作❦，上下皆不連。阮氏款識寰盤：共受王命，共作❩❩，其體又異。是知古文不拘一法也。

   按：王紹蘭舉《薛氏款識‧齊侯鎛鐘銘》和《阮氏款識‧寰盤銘》中所舉共字古文之例以補充說明爲何❦爲古文共，且最後得一結論「是知古文不拘一法也」，知古文字寫法並不一致，具多種字形，直到篆文時字形才比較定型。

b. 卷四，頁21下，「受」字，「從受舟省聲」條：

   注：舟省聲，蓋許必有所受之。

   補曰：薛氏款識盂和鐘銘：❧，天命以❧屯魯，受正從舟。虢姜敦：❧福無疆。師虘敦：庶❧天命。尹卣銘：❧乃永魯。阮氏款識頌壺銘：尹氏❧王命書，頌拜稽首❧命。頌敦銘同。天錫簋銘：帝❧元命。張仲簠銘：❧無疆福。寰盤銘：共❧王命書。古文受字中，皆從舟篆變爲⌐。故許云舟省聲，蓋省彡之少而存其／，左右垂之，因以爲聲也。惟薛氏所載敔敦銘：受釐之受作❧，此古文之變體，省其中一畫，即⌐字。

   按：王紹蘭亦舉《薛氏款識》和《阮氏款識》中各種銘器所舉受字古文之例，以補充說明爲何受字從舟省聲之由，且以古文受字字形之變化以證許說。此則補曰內容正說明王紹蘭涉獵金文比段玉裁深，適足以補段說之不足。但另一方面而言，由王氏所引金文字例中，可以看出比對之功大於研究形構之功，這也可說是王氏的缺點之一。然其後王筠引金文字例做說解又多於王紹蘭，亦可由此看出這一股運用金石文字做說明之學術風尚。

經由以上論述可得知，王紹蘭《說文段注訂補》一書之著書目的乃在於透過訂

正段注之訛誤與補充段注之疏略，使段注更加完備，進而希望《說文》更臻於眞善之貌。其引證精博確切，亦有利於後世從事訓詁考據之工作。再者王氏於書中使用金石文字做說明，亦開後世專門研究金石文字之風氣。因此，《說文段注訂補》一書對於後世研究《說文》和段注者，或從事訓詁考據工作者等，都可謂影響甚大，故王紹蘭《說文段注訂補》一書，其價值與意義應無庸置疑。

第三節　研究心得與感想

　　清初康熙至乾隆屢興文字獄，士大夫們爲隱身遠禍，於是轉投身於考據之學，至乾嘉時期，此種考證之風更臻於極盛。再者，清代經學昌盛，通經必須先研究文字、聲韻、訓詁，如此經義始明。因爲如此，小學至清朝尤其昌明，名家輩出，不勝枚舉。其中《說文》之研究蔚爲風氣，而成果更爲豐碩。諸學者中，段玉裁、桂馥、朱駿聲、王筠等四人更被譽爲「《說文》四大家」，成就非凡。而四人當中又以段玉裁《說文解字注》集清代許學之大成，影響後世甚鉅。

　　然段玉裁《說文解字注》書成之時，段氏年已七十，精力就衰，未能再次檢閱釐正，時有前後之說牴牾之處，故校讎之事，應歸於後世學者爲是。因此後學者專事匡訂、補正段注之工作者，如王念孫、桂馥、鈕樹玉、王紹蘭、徐承慶……等人風起雲湧，以匡訂、補正《說文》段注爲職志。然其目的並非全盤否定段注之成就與意義，實乃欲使段注更臻完備，使《說文》學之研究更爲昌盛。而王紹蘭《說文段注訂補》一書即是在此風潮與目的下撰作而成的。

　　筆者此篇論文名爲「王紹蘭《說文段注訂補》研究」，共分四大章做說明：

　　第一章緒論，筆者先說明撰寫此篇論文的動機、目的與方法，其次說明歷來對《說文》段注研究之情況爲何，最後介紹王紹蘭的生平以及著作整理。

　　第二章《說文段注訂補》刻本、字數與體例的分析，首先言《說文段注訂補》一書的流傳概況與刻本異同，筆者發現《說文段注訂補》目前有「蕭山胡氏刻本」與「吳興劉氏新刻本」二者，而「吳興劉氏新刻本」之內容竟少「蕭山胡氏刻本」約十分之四，可知「吳興劉氏新刻本」並非一完本。筆者進而將此二刻本之內容、字數、編排、字序等制成一統計表格以比較二者之異同。再者將《說文段注訂補》一書之寫作方法以六點做介紹，以及將寫作體例分爲「分別部居例」、「部次例」、「歸字例」、「連讀例」、「音訓例」、「義訓例」、「術語例」、「引經例」、「引通人例」、「引群書例」等十大項，並詳舉其例以做說明。

　　第三章《說文段注訂補》內容之評析，筆者首先以形、音、義、句讀和版本等

五大方向來分析王紹蘭訂補段注之原因,且將其做一詳細論證。接著舉例說明《說文段注訂補》內容寫作上的特色,並探討王紹蘭在撰寫時所秉持的態度,以見《說文段注訂補》是否有其存在之價值與意義。

第四章結論,在經過以上對《說文段注訂補》的研究與探討後,筆者首先以音義、歸字和連讀等方面,試著說明王紹蘭的文字學觀。且從「援引精博,有利訓詁考據」、「訂正與補充,使《說文》和段注臻於真善」以及「運用金石文字做說明」等三方面,說明《說文段注訂補》一書的成就與其對後世的影響。最後總結此論文,述說筆者撰寫後的研究心得與感想。

大體而言,王紹蘭《說文段注訂補》一書的優點在於論據精確、旁徵博引、資料豐富,有利於訓詁考據;而缺點在於引述資料方式稍嫌雜亂,歸字之說不夠周全,並缺乏一套聲韻通轉理論的完整說明,然優點仍大於缺點,實誠如胡樸安所言「為讀段注者所不可不讀之書」也。

而筆者撰寫此篇論文的意義與目的,乃在於想試著探討在清代《說文》學昌盛的學術環境中,除了以「《說文》四大家」為許學的研究中心外,環繞在《說文》四大家外圍的研究,尤其是備極推崇的段玉裁《說文解字注》,如鈕樹玉《段氏說文注訂》、王紹蘭《說文段注訂補》、徐承慶《說文解字注匡謬》、馮桂芬《說文解字段注考正》、徐灝《說文解字注箋》……等書,是否亦該加以研究與探討,如此才能比較客觀和全面地瞭解清代《說文》學的研究狀況以及文字學史的發展歷程。而筆者在研讀王紹蘭《說文段注訂補》一書後,亦深深覺得此一考訂段注之學,值得學者們再做全面性的研究。一方面可瞭解段玉裁《說文解字注》對清代文字學研究之影響;另一方面可將清代文字學史做較全面且完整而深入的陳述,而非只是片面的論及。筆者此篇論文只是環繞在《說文》四大家外圍的其中一點,還有許多資料值得學者們共同研究與努力。此篇論文有待改進之處甚多,實可謂掛一漏萬,尚盼專家學者能不吝批評與指正。

附　錄

一、《說文段注訂補》卷三，頁 13 上，「兆」字全文

兆，灼龜坼也。

補曰：灼者炙龜為卜，灼字解云炙也，坼字解云裂也。此謂坼者炙龜裂之兆也。此兆也。經典通作兆。周官瓬氏凡卜以明火爇燋，遂吹其焌契以授卜師，遂役之，凡卜事眡高揚火，以作龜致其墨，凡卜，以八命者一曰征、二曰象、三曰與、四曰謀、五曰果、六曰至、七曰雨、八曰瘳，以八命贊三兆三易三夢之占，以觀國家之吉凶。

說文段注訂補《卷三》

說文段注訂補《卷三》

克又雨克雨雨克霽雨克蒙雨克驛雨克克此雨兆
二十五也龜坼之兆合於霽則霽霽霽霽霽蒙霽霽
驛霽霽霽克霽霽雨又霽蒙霽霽蒙蒙驛霽蒙霽克
霽蒙雨又霽驛霽霽驛蒙霽驛驛霽驛克霽驛雨又
霽克霽霽克蒙霽克驛霽克克霽克雨又霽雨霽霽
雨蒙霽雨驛霽雨克霽雨雨此霽兆二十五也龜坼
之兆合於蒙則蒙蒙蒙蒙驛蒙蒙克蒙蒙雨蒙蒙
霽又蒙驛蒙蒙驛驛蒙驛克蒙驛雨蒙驛霽又蒙克
蒙蒙克驛蒙克克蒙克雨蒙克霽又蒙雨蒙蒙雨驛
蒙雨克蒙雨雨蒙雨霽又蒙霽蒙蒙霽驛蒙霽克蒙

霽雨蒙霽霽此蒙兆二十五也龜坼之兆合於驛則
驛驛驛驛克驛驛雨驛驛霽驛蒙又驛克驛克驛驛
克克驛克雨驛克霽驛克蒙又驛雨驛驛雨克驛雨
雨驛雨霽驛雨蒙又驛霽驛驛霽克驛霽雨驛霽霽
驛霽蒙又驛蒙驛驛蒙克驛蒙雨驛蒙霽驛蒙蒙此
驛兆二十五也龜坼之兆合於克則克克克克克雨
克克霽克克蒙克克驛又克雨克克雨雨克雨霽克
雨蒙克雨驛又克霽克克霽雨克霽霽克霽蒙克霽
驛又克蒙克克蒙雨克蒙霽克霽蒙克蒙驛又克驛
克克驛雨克驛霽克驛蒙克驛驛此克兆二十五也

通計雨霽蒙驛克凡兆百二十有五除雨雨雨霽霽
霽蒙蒙蒙驛驛驛克克克五純體兆無生克不占外
是爲經兆之體百有二十玉瓦原三兆凝同故云皆
也雨兆爲水水屬壬癸霽兆爲火火屬丙丁蒙兆爲
木木屬甲乙驛兆爲金金屬庚辛克兆爲土土屬戊
己以此百二十兆配以十日分而覈之如甲日小龜
而得蒙是其本兆其占或用蒙蒙霽或用蒙蒙克或
用蒙蒙驛或用蒙蒙雨或用蒙霽蒙或用蒙霽霽或
用蒙霽克或用蒙霽驛或用蒙霽雨或用蒙克蒙或
用蒙克霽或用蒙克克或用蒙克驛或用蒙克雨或

用蒙驛蒙或用蒙驛霽或用蒙驛克或用蒙驛驛或
用蒙驛雨或用蒙雨蒙或用蒙雨霽或用蒙雨克或
用蒙雨驛或用蒙雨雨若變而得霽或用霽霽克或
用霽霽驛或用霽霽雨或用霽霽蒙或用霽克蒙或
用霽克霽或用霽克克或用霽克驛或用霽克雨或
用霽驛蒙或用霽驛霽或用霽驛克或用霽驛驛或
用霽驛雨或用霽雨蒙或用霽雨霽或用霽雨克或
用霽雨驛或用霽雨雨或用霽蒙蒙或用霽蒙霽或
用霽蒙克或用霽蒙驛或用霽蒙雨若變而得克或
用克克驛或用克克雨或用克克蒙或用克克霽或

上半版（右起）：

其占或用蒙蒙克或用蒙蒙驛或用

兆其相克同於乙也如乙日卜壃而得蒙亦其本兆

用雨驛驛或用雨驛雨此甲日所占相生之百二十

用雨克而或用雨克驛或用雨驛蒙或

用兩克蒙或用雨克驛或用兩克蒙或

用兩蒙蒙或用兩蒙克或用兩蒙雨或

用兩克克或用兩雨蒙或用兩蒙蒙或

用兩雨克或用兩雨驛或用兩蒙蒙或

用驛雨克若蒦而得雨或用雨雨蒙或

用兩克蒙或用驛克克或用兩雨舜或

說文段注訂補 《卷二》　七

用驛蒙蒙或用驛蒙克或用驛舜舜或

用驛雨或用雨蒙克或用驛蒙雨或

用克蒙驛或用驛雨蒙或用驛舜驛雨或

變而得驛或用驛舜蒙或用驛蒙雨若

用克蒙蒙或用克蒙驛或用克蒙雨或

用克雨驛或用克雨蒙或用克蒙驛或

用克雨驛或用克雨蒙或用克蒙雨或

用克驛雨或用克雨蒙或用克雨克或

用克驛蒙或用克驛舜或用克雨克驛

用克驛蒙或用克驛克或用克驛舜

下半版（右起）：

蒙克或用蒙克蒙克或用蒙克雨或用蒙

克蒙或用蒙克雨克或用蒙克雨或用蒙

兩雨或用蒙雨舜蒙或用蒙驛雨或用蒙

克雨或用克雨克雨或用克雨克或用克

驛蒙若蒦而得驛蒙雨或用蒙驛蒙或用

說文段注訂補 《卷二》　六

驛驛或用克蒙蒙雨或用克驛雨或用克

蒙蒙或用克蒙蒙或用克驛雨或用克

雨驛或用克蒙蒙雨或用蒙蒙驛或用蒙

克驛或用雨克蒙或用兩蒙克或用兩

驛克或用雨克驛或用雨蒙克或用兩

驛蒙或用兩驛雨或用雨蒙克或用兩

克雨或用兩克蒙或用兩雨蒙克或用雨克若蒦而得舜或用

蒙舜或用蒙舜蒙克或用雨驛蒙雨或用驛

驛蒙或用驛舜蒙或用雨克蒙克或用雨

驛蒙或用驛舜雨克或用雨雨或用驛

說文段注訂補 〈卷三〉 九

說文段注訂補 〈卷三〉 二十

或用蒙克蒙或用蒙驛霽或用蒙驛克或用蒙驛驛
或用蒙驛雨或用蒙驛蒙或用蒙雨霽或用蒙雨克
或用蒙雨驛或用蒙雨雨或用蒙雨蒙此丙日所占
相生之百二十兆其相克同於丁也如丁日卜龜而
得霽亦其本兆其占或用霽霽驛或用霽霽蒙或用
霽霽克或用霽霽雨或用霽驛霽或用霽驛驛或用
霽驛蒙或用霽驛克或用霽驛雨或用霽蒙霽或用
霽蒙驛或用霽蒙蒙或用霽蒙克或用霽蒙雨或用
霽克霽或用霽克驛或用霽克蒙或用霽克克或用
霽克雨或用霽雨霽或用霽雨驛或用霽雨蒙或用

霽雨克或用霽雨雨若變而得驛或用驛驛蒙或用
驛驛克或用驛驛雨或用驛驛霽或用驛蒙霽或用
驛蒙驛或用驛蒙蒙或用驛蒙克或用驛蒙雨或用
驛克霽或用驛克驛或用驛克蒙或用驛克克或用
驛克雨或用驛雨霽或用驛雨驛或用驛雨蒙或用
驛雨克或用驛雨雨或用驛霽霽或用驛霽驛或用
驛霽蒙或用驛霽克或用驛霽雨若變而得蒙或用
蒙蒙克或用蒙蒙雨或用蒙蒙霽或用蒙蒙驛或用
蒙克霽或用蒙克驛或用蒙克蒙或用蒙克克或用
蒙克雨或用蒙雨霽或用蒙雨驛或用蒙雨蒙或用

蒙雨克或用蒙雨雨或用蒙霽霽或用蒙霽驛或用
蒙霽蒙或用蒙霽克或用蒙霽雨或用蒙驛霽或用
蒙驛驛或用蒙驛蒙或用蒙驛克或用蒙驛雨若變
而得克或用克克克或用克克霽或用克克驛或用
克克蒙或用克克雨或用克雨霽或用克雨驛或用
克雨克或用克雨雨或用克霽霽或用克霽驛或用
克霽蒙或用克霽克或用克霽雨或用克驛霽或用
克驛驛或用克驛蒙或用克驛克或用克驛雨或用
克蒙霽或用克蒙驛或用克蒙蒙或用克蒙克或用
克蒙雨若變而得雨或用雨雨霽或用雨雨驛或用

雨雨蒙或用雨雨克或用雨霽霽或用雨霽驛或用
雨霽蒙或用雨霽克或用雨霽雨或用雨驛霽或用
雨驛驛或用雨驛蒙或用雨驛克或用雨驛雨或用
雨蒙霽或用雨蒙驛或用雨蒙蒙或用雨蒙克或用
雨蒙雨或用雨克霽或用雨克驛或用雨克蒙或用
雨克克或用雨克雨此丁日所占相克之百二十兆
其相生同於丙也如戊日卜龜而得克是其本兆其
占或用克克驛或用克克雨或用克克蒙或用克克
霽或用克驛克或用克驛驛或用克驛雨或用克驛
蒙或用克驛霽或用克雨克或用克雨驛或用克雨

說文段注訂補 〈卷二〉

說文段注訂補 〈卷二〉

說文段注訂補《卷三》　　　三五

說文段注訂補《卷三》　　　三六

說文段注訂補　《卷二》　三七

說文段注訂補　《卷三》　三六

說文娰任訂補　〈卷三〉　尭

舜舜驛或用舜舜蒙或用舜舜驛或用
舜驛驛或用舜蒙蒙或用舜驛雨或用
舜蒙驛或用舜驛驛或用舜蒙蒙或用
舜雨蒙或用舜克驛或用舜克蒙或用
舜克克或用舜蒙雨或用舜驛克或用
舜雨蒙或用舜克雨或用舜蒙驛或用
舜或用雨克或用舜蒙舜雨或用舜蒙
蒙或用雨蒙舜或用雨雨蒙或用雨雨

卜龜而得是其本兆其占或用雨雨蒙或用雨雨
日所占相克之百二十兆其占相生同於庚也如壬日辛

蒙或用雨蒙舜或用雨蒙克或用雨蒙
蒙或用雨雨蒙或用雨雨克或用雨雨
克或用雨克舜或用雨克蒙或用雨克
雨或用雨雨舜或用雨克舜或用雨雨
舜或用蒙克雨或用蒙舜蒙或用蒙舜
舜或用蒙蒙克或用蒙驛雨或用蒙克
驛或用蒙克雨或用蒙驛雨或用蒙驛
克驛或用蒙克舜或用蒙克雨或用蒙
驛或用蒙雨克或用蒙蒙驛或用蒙蒙
雨或用蒙雨蒙或用蒙克雨或用蒙克
舜或用蒙雨驛或用蒙舜若爰而得蒙雨
驛或用蒙雨克或用蒙雨克舜若爰而得
蒙或用蒙雨驛或用蒙雨驛雨或用蒙蒙
克驛或用蒙驛蒙或用蒙雨驛蒙雨或用
蒙或用蒙驛克或用蒙雨克或用蒙雨
紫或用蒙驛雨克或用蒙雨驛若爰而得

說文娰任訂補　〈卷三〉　辛

雨或用克蒙舜或用克蒙舜或用克蒙
驛或用克蒙克或用克蒙克或用克蒙
克或用克舜驛雨或用克舜雨或用克舜
蒙或用克舜驛或用克舜驛或用克舜
克或用克驛雨或用克驛蒙或用克驛
雨或用克驛克或用克驛克或用克驛
舜或用克雨舜或用克雨蒙或用克雨
蒙或用克雨克或用克雨驛或用克雨
驛或用克雨蒙或用克雨驛雨或用克驛
蒙或用克驛蒙或用克驛雨或用克驛
舜若爰而得克雨舜若爰而得克雨
雨或用驛蒙舜或用驛蒙蒙或用驛蒙
克或用驛舜蒙或用驛舜驛或用驛舜
驛或用驛克舜或用驛克雨或用驛克
蒙或用驛克驛或用驛克蒙或用驛蒙
克或用驛雨克或用驛雨雨或用川驛克
舜或用驛克克克或用驛克驛此壬日所占相生之百

二十兆其相克同於癸也如癸日卜龜而得雨亦其

説文段注訂補 卷三

本兆其占或用雨兩舜或用雨驛蒙或

用舜舜驛或用雨兩舜蒙或
用舜舜驛或用雨兩舜蒙或
用兩克若變而得舜蒙驛或
用兩克兩舜或用雨兩舜蒙或
用兩驛驛或用雨驛蒙或
用雨驛蒙或用雨驛舜或
用雨克或用雨驛舜或
用兩克或用雨舜蒙或
用雨克若變而得驛或
用舜雨蒙或用舜舜驛或
用舜克或用兩克舜或
用舜克或用雨克舜或
用驛克或用驛蒙舜或
用驛雨蒙或用驛蒙舜或
用驛克或用驛舜驛或
用驛克或用驛蒙舜或
用驛舜驛或用驛蒙舜克若變而得蒙蒙驛或
用蒙蒙克或用驛舜蒙雨或用蒙蒙舜或

三二

説文段注訂補 卷三

用克蒙雨或用克蒙驛或用克蒙蒙或
用克雨克此癸日所占相克之百二十兆其相生同
於壬也通計十日所占千有二百亦玉瓦
原三兆遞同故云皆也又支剛日相生亦有相克柔
日相克亦有相生則其數且倍於千有二百矣

從卜从象形
補曰从象形者从ハ分之ハ乀象龜坼之形吳穎芳
說文
說理匱
恍古文祇爲象形之字小象加卜
非古文減卜也廣韵曰卦灼龜坼出文字指節兆怡

三二

【上欄】

說文段注訂補　卷三　　二五

小切引說文分也分也之訓見八部八下卟出說文
則不得云出文字指歸蓋古本說文卜部無卟兆字
八部父父卽龜兆字今又音兵列切卜部八中多一
華以姝於卜皆非古也玉篇卜部之外別爲兆部云
兆事先見也形也玉篇卜部之外別爲兆部云
今本何爲作此紛更乎是必說文可無卟矣等此字之原委蓋
曉然據篇韻以正說文可無卟兆字之卟古別字由是信
之若顧說文乃無卟兆字矣說文又增卟八亦發於
由虞翻頭向書分卟三苗爲卟云卟古別字由是信
說解中而說文乃無卟兆字矣說文無卟兆字衆顧

氏作玉篇乃增兆部於卜部之後廏曹憲作文字指
歸乃又收卟卟爲兆字而改釵說文者乃於卜部增
卟爲篆文兆爲古文又恐其形之潤於八部也乃加
增一筆以姝之由來可見前注於八部未能
了然後之學者依此說而測定可也　又云集韻
類篇皆引說文卟是則勉強區分蓋由司馬公始
亚八卟州當作卟或作卟兵列切
徐鉉徐鍇下度等習作卟司馬公所襲者夏竦等之
若也
訂曰段氏謂卜部無卟兆字八部卟字卽龜兆字文

【下欄】

說文段注訂補　卷三　　二六

言北猶別也下二句乃駁鄭說江氏段以卟典別貫
古別州而世俗皆以
古字則卟字後人易知此也
卟爲之文直云北卟卟古別字方合破韻之例何以無
翻當云北韻爲分卟卟古別字方合破韻之例何以無
韻爲之分卟卟古別字是操誤段氏乃云虞翻頭向
不作北非韻卟也且鄭注明作卟爲北則
鄭氏譬亦明作卟不作北康成仲翔皆嫌時人其所
見尚書竝作卟斷難以分卟三苗爲分北三苗更難

以分巛三苗為分兆三是巛當讀兵列切不當讀
治小切明矣廣韻謂朓出文字指歸或曹憲作指歸
昧偶未徵引說文或孫恂作廣韻時偶用指歸未檢
說文皆著書家所常有之事安得因其低引指歸遂
據為許書無巛而列切依廣韻之例當在入聲十七薛乃薛治
韻有別無巛而列之上聲三十小此則孫恂之誤然
其字固作兆不作巛又謂巛安得因其訣引說文以指
小切之兆當篆文兵列切之巛遂據為入部巛卽卽
兆字之證乎又謂玉篇卜部之外別為兆部是必說

說文段注訂補《卷三》 三五

文無兆增此一部曉然今案玉篇分部原與說文不
同如說文父本在又部而玉篇別分父部云巛本在雲
部古文而增云部桑本在品部而別增桑部朩本
在几部而別增几部處本在几部而別增處部啓本
在戶部而別增戈部單本在屮部而別增單部如此
在石部而別增啟部柰本在木部而別增柰部普本
在𦍌部而別增𦍌部米本在米部而別增米部者
在厂部而別增厂部單本在口部而別增單部
十一字豈亦說文所無類氏別增一部平其不得據
此為證抑又說文明矣今更有切證者周禮釋文於大下
下大皆出三朩二字在云普兆亦作兆是唐以前舊

本大卜經文原作三朩其字正從卜從兆作朩與巛
分之巛形聲皆與此卽說文朩出之確證
亦卽文字指歸本於周官及說文之確證而釋文云
亦作兆又卽說文巛古文省之確證其非巛省之說
卜部之兆為入部之巛更甚明矣況說文之字以巛
文者作於卜部增云說文巛古文兆為古文確證而朩兆以
矣巛兵列切之巛而朩亦凶矣丁度
如段所音盜改從巛其形與啟全普皆凶而朩兆凶
規頰朓㧱挑越姚銚㳦桃旎姚宛
為釋者如㧱朓㧱越姚銚㳦桃旎姚宛朩凡二十六字其文皆從巛

說文段注訂補《卷三》 桼

集韻溫公類篇世所傳者正文注文皆用今體普其
引說文自應作朩至大小徐則篆文皆
作巛古文皆作朩其普具在可覆視也段胡二徐作
巛不亦逆乎類篇載臣光曰按巛兵列切重入也朩
古當作巛亦言簡而義最是為善誦說文定正廣韻之
誤段乃謂勉強區分由司馬公始又謂其襲夏竦之
學者但據釋文所載大卜之三朩鄭玄所見尚普之
分巛及溫公此說則二字判然不同可不煩言而決
也部巛下

－142－

二：《說文段注訂補》卷一，頁4上，「一」字，「凡一之屬皆從條全文

俣曰範圍天地之化而不過曲成萬物而不遺敘卦
傳曰有天地然後萬物生焉明萬物非天地之化不
生故云化生萬物總而論之祭洒此說盉言思惟始
初大極之前天地未分畫三爲一道已於是乎立及
一分爲天地鄭注云气象未分之大極分而爲二故生
始於大極時天地之所始也
天地又曰一者形變之始清輕者上爲天濁重者下
爲地物有始有究故三畫而成乾乾坤相並俱
生物有陰陽因而重之故六畫而成卦三畫以下爲
地四畫以上爲天物感以動類相應也陽動而進陰

說文段注訂補《卷十》　三

動而退陽以七陰以八爲象易一陰一陽合而爲
十五之謂道苟也十象地敎謂也合天地之敎乃謂
之老子道化篇道生一生二二生三三生萬物呂
氏春秋大樂篇大一出兩儀兩儀出陰陽高誘云陰陽
陽變化一上一下合而成章又曰天地車輪終則復
始萬物所出造於大一化於陰陽淮南子原道訓道
者一立而萬物生矣故一之理施四海一之解際
天地萬物之總皆閱一孔百事之根皆出一門是故
許說之所本也此四句以極一地物爲韻小雅斯干
若詩讀亥字古文說云亥爲豕與豕同意亥而生子復

從一起亦四句以豕意子起爲韻自敘云立一爲尚
畢終於亥起訖皆用韻語足徵古人著書始終謹嚴
之證
補曰二部凡字解云一必言凡者敘云分別部
居不相雜廁又云其建首也立一爲耑方呂類眾物
以牽分同條牽屬共理相貫雜而不越據形系聯引
而申之以究萬原畢終於亥知化窮冥是其文字緊
多各有統屬故須發凡以爲最括周官宰夫職曰掌
官成以治凡左氏隱十一年傳凡諸侯有命告則書

說文段注訂補《卷一》　四

不然則否杜注謂此盉周禮之舊制其釋例云俱凡
者五十其別四十有九以毋第二凡其誼不異說文
每部之首言凡誼取周官左氏矣某之屬者尾部屬
連也謂連其字便有所統猶某某之屬也
皆從某者從部而言某文各依其屬猶周
官則從其長之從也　又按全書言凡某之屬皆從
某非僅指本部而言宅部有從某字者皆於此部凡
某該之如一部元天丕更之從一自不待言若從
云古文諸上字皆從一王下云孔子曰一貫三爲王
二卽上二諸士事也數始於一終於十從一從十孔

子曰推一合十爲士誤會所引如屯難也象艸木之
初生屯然而難從屮一其中所以爲屮爲之正
彝中一其中所以爲屮爲之正是也從一以止豈古文
正從一足亦止也屮犯是也從止也從
也一爲東西一爲南北則四方中央具矣曾聲也從
曾含一彗所以罿也從秉一十數之具也從
寸勤螔謂之寸口從二百二十也從一皀數十百
爲一貫相聲也再一舉而二也從一彗省夞五指撝
也從臼爲一聲久傷也從勿從一曰美也從口合一
道也亏欲气舒出亏上礙於一也亏象气之舒

說文段注訂補《卷一》 五

亏從亏從一一者其气平也盅祭所薦牲血也從皿
一象血形△三合也從入一象三合之形米木下曰
本從木一在其下朱赤心木松栢屬從木一在其中
一者記其心說會引補末木上曰末從木一其上也
屮艸木之初也從屮一者地也出止也
出也象艸過屮枝莖益大有所之一者地也出止也
從氺盛而一橫止之兑也丂艸葉也從氺穩上賈一
下有根象形勹賈一象形旦
明也從日見一上一地也毋穿物持之也從一橫一
各本皆作印彔象寶貨之形豐一種而入生者故謂
許說宜如此

之彑象形在一之上一地也此與帝同意字小徐本
無說含以爲徐鍇說廌頊榮鉉此三字與大徐同
氘重覆也從冂一兩二十四銖爲一兩從一兩平分
在人上后慇體君也象人之形施令以告四方故厂
众从土之高也從一一地也亦高而上平也從一
歲也從馬一絆其足也丅夫也從大一以象簪也從
一雝也川南水從雲下也一象天冂象雲水霓其間也
不烏飛上翔不下來也從一一猶天也象形勹烏飛

說文段注訂補《卷一》 六

從高下至地也從一一猶地也象形不上去而至一
來也與本也此誤會引補至也從氏下箸一一地也丈
平頭戟也從戈以守一地也戈
一地也止也從戈一猶之二地也戊
字彔韻引補匸衺有所俠藏也從匸一所碓也五
會也也從耤一其下地也丂與賜子也
之數也從耤一其下地也丂爲与且薦也從几一
有二橫一其下地也丂微陰從中衺
出也令古文甲始於十歲成於木之象丙位
南方萬物成炳然陰气初起陽气將虧從一入門一
者陽也章秋時萬物成而孰金剛味辛辛痛即泣出

從一從辛辛辜也卑古文西從中從一引如此亦亦為

春門萬物已出卯為秋門萬物已入卯閉門象也

戕誠也九月陽气微陽下入地戊含一也五行土生

於戊盛於戌從戊含一亦聲以上諸一字者一舉此一隅

從道立於一之弍云凡一之屬皆從一之屬皆

其餘五百三十九部皆可以此推之

補曰吳氏穎芳說文理董云弍者戕之省猶枝也

枝為弍弍並同紹蘭按一古於弍而以弍為古文

一者禮經公食大夫禮注云弍以授賓鄭注云古文

壹壹亦不古於一此漢時注經者所謂古文如士冠

禮閥西閥外注云古文閥為槧閥下文孝友時

格注云文格為敊之等鄭以所傳之經有今古文

之分故古文格別於今文或用今文以別篆文籀

說解文字與注經異故全書但偁古文以別篆文籀

文無偁古文者此古文弍蓋自敊所謂甄豐等改定

之古文非孔子壁中之古文弍也吳禪國山碑弍十

弍弍十有九用此弍字

元始也

補曰女部始女之初也周易乾元亨利貞子夏傳曰

元始也象曰大哉乾元萬物資始九家易曰元者氣

之始也文言曰乾元者始而亨者也公羊傳元年者

元者何君之始年也何休注云變一為元元者氣也

無形以起有形以分造起天地天地之始也徐彥疏引春秋說元者端也氣

所繫而使春槧之始也元之分在地成形也甫雅釋詁元始也

泉注云元為氣之始如水之有泉泉流之原無形以

起有形以分窺之不見聽之不聞朱氏云無形以起

在天成象有形以分在地成形也

漢書律歷志太極元氣函三為一孟康曰

元氣始起於子未分之時天地人混合為一弍子數

元者善之長也九家易曰乾者君也六爻皆當為

者蓮本詳始是元為始也元為善之長也左氏昭七

君始而大通君惡合茲元為善之長也左氏昭七

年傳孔成子夢康叔謂己立元娵始生子名之曰元

孟縶之足不良弱行遇屯又曰余尚立縶尚克嘉之遇屯亡

衛國主其社稷遇屯又曰余尚立縶尚克嘉之遇屯亡

之比以示史朝史朝曰元亨又何疑焉成子曰非長

三：《說文段注訂補》所附十一圖影印

a. 卷一，頁 55，「藕」字末所附之二圖。

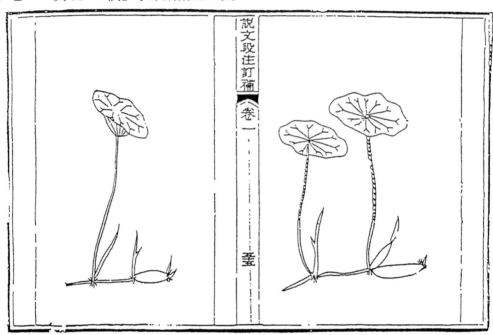

b. 卷四，頁 30 上，「腎」字末所附之一圖。

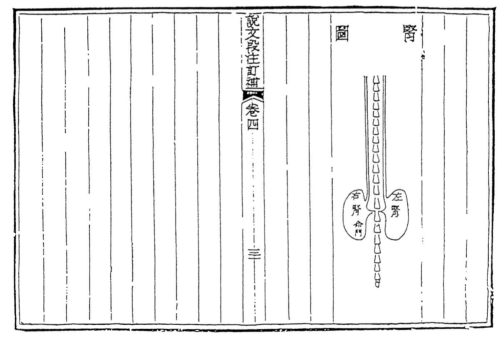

c. 卷四，頁34下，「肺」字末所附之一圖。

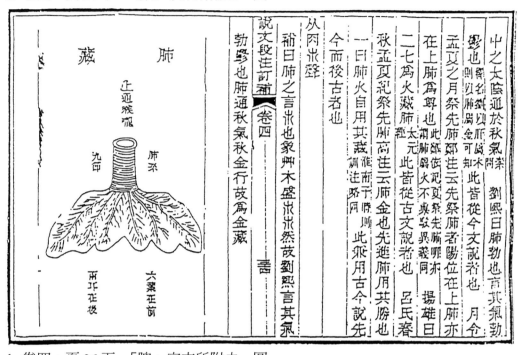

中之太陰通於秋氣荣　劉熙曰肺勃也言其氣勃
也　鄭注曲禮則以肺屬金可知此皆從今文說者也　月令
孟秋之月祭先肺鄭注云此據今文說夏祭先肺者陽位
在上肺為尊也　此據記夏祭先肺屬火不與夏祭義同　揚雄曰
二七為火藏肺經太元注云肺屬火先進肺用其勝也　呂氏春
秋孟夏紀祭先肺高注此皆從古文說者也先進肺用其勝也
一曰肺火自用其藏　此乗用古今說先
今而後古者也
從肉㒵聲
補曰肺之言米也象其華木盛米米然故劉熙言其氣
說文段注訂補（卷四）
勃鬱也肺通秋氣秋金行故為金藏

d. 卷四，頁36下，「脾」字末所附之一圖。

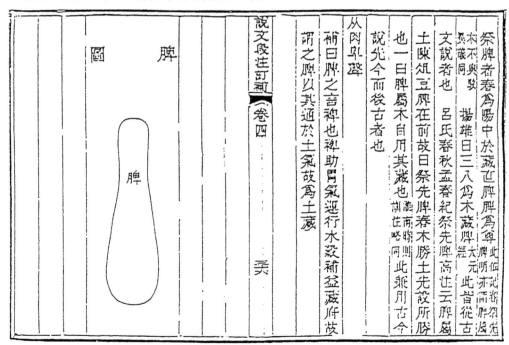

祭脾者春為陽中於藏正脾脾為尊此據月令春秋祭脾經
木不與夏　揚雄曰三八為木藏脾太元注此皆從古
文說者也　呂氏春秋孟春紀祭先脾高注云脾屬
土陳風豆脾在前故曰祭先脾春木勝土先故所勝
也一曰脾屬木自用其藏　此乗用古今
說先今而後古者也
從肉卑聲
補曰脾之言裨也裨助胃氣運行水穀補益藏脾故
謂之脾以其通於土氣故為土藏
說文段注訂補（卷四）

e. 卷四，頁 38 下，「肝」字末所附之一圖。

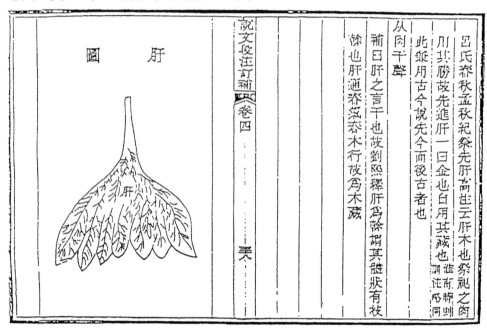

f. 卷五，頁 28，「磬」字中所附之三圖。

說文段注訂補　卷五

說文云磬樂石也从石殸象縣虡之形殳擊之也殸籀
文省余以為广聲之形业所以縣者絆結殳上必橫
厥股斯形求惟肯蒡　曲礼立則磬折垂佩以
磬折狀如容若今縣磬如是前剙之容非立
容矣左傳曰室如縣磬字从缶與从石同意大
孔宜公禮築容浮茇宇皆从缶磬有房室中空之象
室無貴搉故曰如縣磬也國語作懸磬虡言磬
府藏空虛但有橫梁如懸磬之……則有盤
氏注磬縣殳之曰假借之凡器也从缶从石……
亦誦懸磬字皆从缶磬從何人卿
此故服虔注室如縣磬謂箟屋在第五架若……
架則室僅存……是榱桷之形也縣若披榱桷之形如縣
者五架之室山室在第五架若披其屋正如
義故又謂盦為磬詩云磬無不宜是也　紹蘭按古
磬假磬為磬也杜氏解如為而瓦韻皆發为磬盦之磬
顯與傅達孔疏乃以劉氏規杜為非其誤甚矣

从缶殸聲

補曰磬從缶故解曰殸以殸為磬故解曰中空

段古文磬字　注云依石部耳部聲部古甯作磤

補曰言部磬字下水部㽞字下亦皆云籀文

g. 卷六，頁 22 上，「棟」字末所附之一圖。

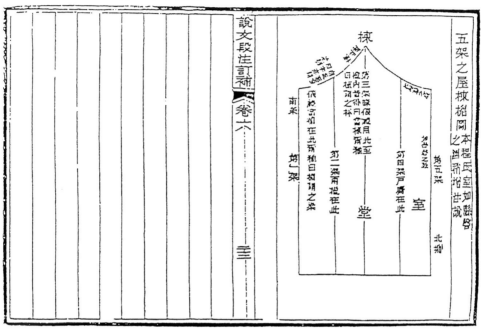

h. 卷十，頁 25 上，「心」字末所附之一圖。

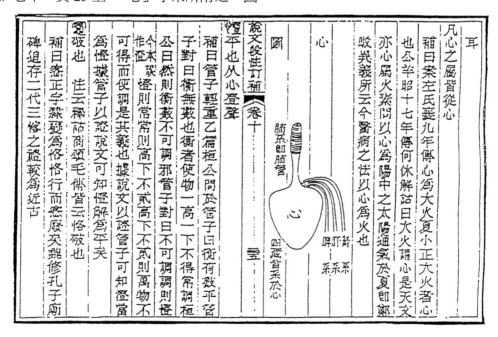

參考書目

經　部

一、經學之屬

1. 《十三經注疏》藝文印書館，1993 年。
2. 《大戴禮記今註今譯》，高明註譯，商務印書館，1975 年。

二、小學之屬

文字類

1. 《宋刊本、唐寫本説文解字》，華世出版社，1982 年。
2. 《説文繫傳》，徐鍇，華文書局，1971 年。
3. 《説文解字注》，段玉裁，書銘公司，1992 年。
4. 《説文段注訂補》(《續修四庫全書》二一三冊所收)，王紹蘭，上海古籍出版社，1995 年。
5. 《説文段注訂補》(《小學類編》十二、十三、十四三冊中所收)，王紹蘭，藝文印書館，1972 年。
6. 《説文段注訂補》(《小學類編》第五函所收) 王紹蘭，藝文印書館，1971 年。
7. 《説文段注訂補》，王紹蘭，文物出版社，1982 年。
8. 《説文釋例》，王筠，商務印書館，1968 年。
9. 《説文句讀》，王筠，廣文書局，1972 年。
10. 《文字蒙求》，王筠，藝文印書館，1981 年。
11. 《説文解字引經考》，馬宗霍，學生書局，1971 年。
12. 《説文解字引通人説考》馬宗霍，學生書局，1971 年。
13. 《説文解字引群書考》馬宗霍，學生書局，1973 年。
14. 《説文引經證例》(《叢書集成續編》所收)，承培元，新文豐書局，1989 年。
15. 《説文讀若字考》(《叢書集成續編》所收)，葉德輝，新文豐書局，1989 年。
16. 《説文解字古文釋形考述》，邱德修，學生書局，1974 年。

17. 《說文中之古文考》，商承祚，學海書局，1979 年。

18. 《說文籀文考證》（《叢書集成續編》所收），葉德輝，新文豐書局，1989 年。

19. 《玉篇零卷引說文考》曾忠華，商務印書館，1970 年。

20. 《說文解字詁林正補合編》（全十二冊），丁福保，鼎文書局，1994 年。

21. 《說文假借義證》（《詁林》所收），朱珔，鼎文書局，1994 年。

22. 《說文解字義證》（《詁林》所收），桂馥，鼎文書局，1994 年。

23. 《說文校議議》（《詁林》所收），嚴章福，鼎文書局，1994 年。

24. 《說文通訓定聲》（《詁林》所收），朱駿聲，鼎文書局，1994 年。

25. 《說文段註指例》，呂景先，正中書局，1992 年。

26. 《說文解字綜合研究》江舉謙，東海大學，1982 年。

27. 《說文解字研究法》，馬敘倫，華聯出版社。

28. 《說文解字部首講疏》向夏，書林出版社，1993 年。

29. 《文字學發凡》，楊家駱，鼎文書局，1972 年。

30. 《中國文字結構析論》王初慶，文史哲出版社，1989 年。

31. 《段氏文字學》，王仁祿，藝文印書館，1976 年。

32. 《說文段注研究》，余行達，巴蜀書社，1998 年。

33. 《說文學導論》，余國慶，安徽教育出版社，1995 年。

34. 《漢語文字學史》黃德寬、陳秉新，安徽教育出版社，1990 年。

35. 《中國文字學》，顧，實，商務印書館，1977 年。

36. 《中國文字學》，潘重規，東大圖書公司，1977 年。

37. 《中國文字學史》，胡樸安，商務印書館，1992 年。

38. 《文字學研究法》，胡樸安，西南書局，1973 年。

39. 《文字學概說》，林尹，正中書局，1993 年。

40. 《怎樣學習說文解字》章季濤，笠卷樓，1991 年。

41. 《古文字學導論》，唐蘭，洪氏出版社，1978 年。

42. 《古文字類編》，高明，大通書局，1986 年。

43. 《玉篇》，顧野王，中華書局，1965 年。

44. 《汗簡箋正》，郭忠恕撰，鄭珍箋，廣文書局，1974 年。

45. 《漢隸字源》，楊家駱主編，鼎文書局，1972 年。

46. 《高明小學論叢》，高明，黎明文化，1978 年。

聲韻類

1. 《廣韻》陳彭年等，林尹校訂，黎明文化，1993 年。

2. 《集韻》，丁，度，中華書局，1965 年。

3. 《類篇》，司馬光等，商務印書館，1983 年。

4. 《古文四聲韻》，夏竦，學海出版社，1978 年。

5. 《中國聲韻學通論》，林尹，黎明文化，1992 年。

6. 《音略證補》，陳新雄，文史哲出版社，1993 年。

7. 《古音學發微》，陳新雄，文史哲出版社，1983 年。

8. 《漢語音韻學導論》，羅常培，里仁書局，1994 年。

9. 《中國音韻學史》，張世祿，商務印書館，1975 年。

10. 《漢語音韻學》，王力，藍燈文化，1992 年。

11. 《聲韻學中的觀念和方法》，何大安，大安出版社，1996 年。

訓詁類

1. 《廣雅疏證》，王念孫，商務印書館，1968 年。

2. 《訓詁學概要》，林尹，正中書局，1993 年。

3. 《訓詁學》上冊 陳新雄，學生書局，1994 年。

4. 《訓詁學大綱》，胡楚生，蘭台書局，1980 年。

5. 《訓詁學概論》，齊佩瑢，漢京文化，1985 年。

6. 《訓詁學簡論》，陸宗達，新文豐，1984 年。

語言類

1. 《中國語言學史》《《王力文集》第十二卷》，王力，山東教育出版社，1990 年。

2. 《中國語言學史》，濮之珍，書林出版社，1994 年。

3. 《中國古代語言學史》，何九盈，廣東教育出版社，1995 年。

4. 《中國語言文字學史料學》高小方，南京大學出版社，1998 年。

史 部

1. 《史記》，司馬遷，鼎文書局，1995 年。

2. 《漢書》，班固，鼎文書局，1979 年。

3. 《後漢書》，范曄，鼎文書局，1979 年。

4. 《國語》，韋昭註，藝文印書館，1974 年。

5. 《清代學術概論》，梁啓超，商務印書館，1977 年。

6. 《中國近三百年學術史》梁啓超，里仁書局，1995 年。

7. 《中國學術家列傳》，楊蔭深，德志書局，1968 年。

8. 《清代樸學大師列傳》支偉成，藝文印書館，1970 年。

9. 《清儒學案》，楊家駱主編，世界書局，1979 年。

10. 《清儒傳略》，嚴文郁，商務印書館，1990 年。

11. 《清史稿校註》，國史館編著出版，1989 年。

子　部

1. 《韓非子集釋》，陳奇猷校注，華正書局，1987 年。
2. 《淮南子》，高誘註，藝文印書館，1968 年。
3. 《風俗通義》，應劭，世界書局，1963 年。
4. 《管子集校》，郭沫若、聞一多、許維遹等　日本東豐書店，1981 年。
5. 《太平御覽》，李昉等，商務印書館，1983 年。

集　部

1. 《楚辭集注》，朱熹，藝文印書館，1974 年。
2. 《文選》，李善注，藝文印書館，1991 年。

博、碩士論文

1. 《段玉裁之生平及其學術成就》，林慶勳，文化博士論文，1979 年。
2. 《王筠的文字學研究》金錫準，師大博士論文，1987 年。
3. 《王筠之金文學研究》沈寶春，台大博士論文，1990 年。
4. 《王筠說文學探微》宋師建華，文化博士論文，1993 年。
5. 《清代許學考》，林明波，師大國研所集刊第五號，1961 年。
6. 《說文解字讀若通假文字考》，周一田，師大國研所集刊第六號，1962 年。
7. 《形聲多兼會意考》黃永武，師大國研所集刊第九號，1965 年。
8. 《說文解字段注質疑》沈秋雄，師大國研所集刊第十八號，1973 年。
9. 《說文解字一曰研究》，周聰俊，師大國研所集刊第二十三號，1978 年。
10. 《說文亦聲考》，劉煜輝，文化碩士論文，1969 年。
11. 《說文解字省聲考》江英，文化碩士論文，1971 年。
12. 《段玉裁校改說文之研究》鮑國順，政大碩士論文，1974 年。
13. 《說文訂段學之研究》，呂伯友，香港大學新亞研究所碩士論文，1977 年。
14. 《說文解字釋形釋例》莊錦津，文化碩士論文，1980 年。
15. 《說文段注發凡》，鄭錫元，師大碩士論文，1983 年。
16. 《說文解字釋義析論》柯明傑，中央碩士論文，1992 年。
17. 《說文繫傳研究》，張意霞，逢甲碩士論文，1994 年。
18. 《嚴可均《說文校議》研究》陳茂松，逢甲碩士論文，1999 年。

期刊論文

1. 〈段玉裁對文字學之貢獻〉袁金書，東方雜誌，1977 年。
2. 〈段玉裁與金石銘刻之學〉李中生，學術研究，1988 年第三期。

3. 〈訓詁學的語言學基礎之一：字義、詞義與語義〉姚榮松，國文天地，1988 年第三十三期。

4. 〈訓詁學的語言學基礎之二：字源與詞源〉姚榮松，國文天地，1988 年第三十四期。

5. 〈「說文部首表」研究〉宋師建華，中華文化學報，1996 年第三期。

6. 〈《說文》用語「相似」、「同」、「同意」考辨〉宋師建華，第七屆中國文字學全國學術研討會論文集。

7. 〈論小篆字樣之建構原則——以《段注》本爲例〉宋師建華，第十屆中國文字學全國學術研討會論文集。